ぬりかべ令嬢、嫁いだ先で幸せになる 1

Lady Called "Plastered Wall" Got Married and Be Happy.

登場人物紹介
「どれだけ時間が掛かっても、必ずミアを見つけ出す！」
「……色々とヒドイ（良い意味で）」
マリカ
ランベルト商会
商品開発部員。
14歳。ディルク命。
ハル
（レオンハルト・ティセリウス・
エルネスト・バルドゥル）
バルドゥル帝国・皇太子。
17歳。ミアの初恋の相手。
「もう一度ハルと逢えるなら、どんな事だって頑張れる！」
ミア
（ユーフェミア・ウォード・アールグレーン）
ナゼール王国・ウォード侯爵
家令嬢。15歳。継母と義妹
に虐められている。

アーヴァイン・ワイエス
某国の貴族。20歳。魔道具マニア。
「もっとユーフェミア嬢の事が知りたい」
マティアス・ノディエ・ナゼール
ナゼール王国・王太子。18歳。
「僕としても伴侶は自分で選びたいかな」
「甘い考えは捨てなさい。貴女に帰る場所なんて無いのだから」
ジュディ・ウォード・アールグレーン
ナゼール王国・ウォード侯爵家夫人（継母）。36歳。
「それでは『ランベルト商会緊急「裏」会議』をはじめます」
ディルク・ランベルト
ランベルト商会会頭子息。18歳。
「私より美しいなんて許せない!!」
グリンダ・ウォード・アールグレーン
ナゼール王国・ウォード侯爵家令嬢（継子）。15歳。

Contents

プロローグ

月の光が冴(さ)え渡る夜、白亜の城の大広間では王都中の貴族が集(つど)い、舞踏会を楽しんでいた。

見上げるぐらい高い天井には美しい絵画が描かれ、等間隔に配置された煌(きら)びやかなシャンデリアからは暖かい光が降り注いでいる。

磨き上げられた大理石の床は天井からの光を反射し、美しく着飾った人々をより一層輝かせる。

絢爛(けんらん)豪華な世界の中で、思わず目を奪われてしまう程圧倒的な存在感を放つ少女がいた。


彼女の名はグリンダ・ウォード・アールグレーン――ウォード侯爵家令嬢である。


豊かな蜂蜜(はちみつ)色の髪に澄み切った泉のような青い瞳(ひとみ)。

美を具現化したような彼女の周りには、いつも光が満ち溢(あふ)れている――そんな錯覚を人々に与えていた。

彼女の周りには沢山の取り巻き達がおり、誰も彼もグリンダの気を引こうと躍起になっている。

「なんと美しい……」

「あの方がかのウォード侯爵家の令嬢か」

「では、彼女がマティアス殿下の筆頭婚約者候補……」

「さすがは筆頭と称されるだけはある。素晴らしい美貌ですな」

「いやいや、それがどうやら彼女は婚約者候補ではないらしいですぞ」

「んん？　私は王家がウォード家に婚約を打診をしたと聞いていたのだが……」

　グリンダに興味を持った貴族達が憶測でものを言う。

「ウォード侯爵は八年前に再婚しただろう？　彼女はウォード侯爵の後妻の娘でね。本当の婚約者候補は……ええと、何処だったか……。ああ、いたいた。ほら、あそこさ」

　貴族達の好奇の目が注がれる先にいたのは……銀色の髪をした野暮ったい令嬢だった。

「これはまた……」

「……う、うむ……」

　いつもはおしゃべりな貴族達も口を噤んでしまい、その場に何とも言えない雰囲気が漂う。

「本当にかの令嬢がその……ウォード侯爵の？」

「ウォード侯爵の奥方といえば、かつて社交界で名を馳せた美姫、ツェツィーリア嬢でしたな」

「だが髪の色以外似ていない様だ」

「ウォード侯爵家当主、テレンス卿も素晴らしい美貌を持った美男子でしたぞ」

「しかし、彼女がマティアス殿下の婚約者候補、ユーフェミア・ウォード・アールグレーンだよ」

「……」

　貴族達が信じられないという顔をしてユーフェミアを見る。

しかし、それも仕方のない事だった。

彼女は少し……いや、かなり厚化粧なのか、顔には白粉がふんだんに塗り込められており、さらに全身を覆うような薄い水色を基調としたドレスを着ている為、銀の髪と相まって、全体的に白っぽくのっぺりとした印象だったからだ。

ほぼ大広間の壁と同化しているようにも見えるので、そこにいると言われなければその存在に気付く人間は少ないかもしれない。

しかしじっくり観察してみると、背筋をピンと伸ばした姿勢やスタイルの良さが見て取れる。

だが、グリンダという比較対象が美し過ぎたのか、とてもではないが一国の王子の婚約者候補に名前が挙がるような容姿には見えない。

貴族達も内心「ないわー」と思うものの、この場では誰もそれを口にしない。

下手をすると、将来の王子妃への不敬となる可能性があるからだ。

それでもお茶会等の内輪の間ではいつもユーフェミアの話題で持ちきりであった。

その内容はとても本人に聞かせられないようなものばかりであったが。


大人しく存在感が無いユーフェミアが貴族達の噂の種になるきっかけがあった。

それはある時、グリンダに心酔する貴族の青年が、グリンダが夜会になかなか出席出来ないのはユーフェミアと関係があるのではないか、と質問したからだ。

グリンダは「お義姉さまが出席されないのに私が出席するわけにはいきませんから」と、少し眉尻を下げ、寂し気に微笑んだという。

その儚げで庇護欲を掻き立てる様が、更に信奉者を増やしたらしい。

「自分の容姿に自信がないから滅多に夜会に出席しない。だからグリンダ嬢も気を使って夜会に出席する事が出来ない」

ユーフェミアの我儘のせいでグリンダは我慢を強いられている――そう思い込んだ一部の貴公子達が、ユーフェミアを憎々しく思うのも仕方がない事であった。


――そうしてユーフェミアについて色んな噂が社交界で飛び交う事になる。

「ユーフェミア嬢は醜い顔を厚化粧で誤魔化している」

「化粧の下には酷い痣がある」

「殿下に避けられている」

「いつ婚約候補から外されるか賭けの対象になっている」

「屋敷ではグリンダ嬢の美貌を妬んで暴言を吐いている」

「いつもグリンダ嬢に嫌がらせを働いている」

夜会に来てもほぼ壁の花と化しているユーフェミアは無表情で話しかけても反応が悪く、その態度が更に噂好きの貴族達の格好の餌食になっていた。

あと三ヶ月程でマティアスが成人する為、社交界では殿下の婚約者選びが始まるらしいという噂が広がり、ここ最近の舞踏会は令嬢達のお披露目や顔見せの場でもあった。

そのような状態になると、適齢期の令息達も多く出席する事になり、ある意味、出会いを求める若い貴族達のお見合いパーティーと化している。


貴族達が思い思いに歓談していると、ファンファーレが響き渡り、王族達が列席した事を告げる。

精悍な顔立ちの国王と柔らかな微笑みを浮かべる美しい王妃、そして二人によく似た王子達。

華々しい王族達が姿を現す中、年頃の令嬢達の視線は麗しい王子へと集中する。

ここ、ナゼール王国の第一王子――マティアス・ノディエ・ナゼール。

彼は少しウェーブがかった明るい金色の髪と、新緑を思わせる緑の瞳を持つ美しい青年であった。

「ああ……マティアス様素敵……」

「ご一緒にダンスを踊って頂けないかしら」

「マティアス様に誘って頂けたら嬉しさのあまり失神しちゃいそうだわ」

「あのご尊顔を拝見出来ただけで出席した価値ありね」

国王の挨拶もそっちのけで、令嬢達は熱の篭った目で麗しい王子を見つめては、頬を染めながらため息を漏らす。


国王の挨拶が終わると、王宮楽団が曲を奏ではじめ、音楽が合図となり貴族達はそれぞれのパートナーを誘ってダンスを踊りはじめる。

パートナーがいない若い貴族達は、意中の相手をダンスに誘おうと声を掛けている。

そんな中、グリンダの周りには沢山の青年達が集まっていた。

「グリンダ嬢、今宵は是非私とファーストダンスを踊って頂けませんか？」

「いやいや、その名誉は是非私めにお与え下さい」

「君は前回ファーストダンスを踊っていなかったかね？」

「君にはいい仲の令嬢がいるだろう？　彼女を誘いたまえよ」

「そう言う君は奥方がいるだろう！」

青年達がグリンダと踊る権利を得ようと必死になっているところへ、一人の人物が近づいた。

その人物に気付いた人々から人垣が割れていき、中心にいた彼女へ涼やかな声が掛けられる。

「グリンダ嬢、私とダンスを踊って頂けませんか？」

優雅な微笑みを湛えたマティアスは、グリンダへと手を差し伸べる。

二人の様子を見ていた令嬢達からは黄色い声が上がり、令息達からはため息が漏れる。

マティアスから誘われたグリンダは一瞬怯み、戸惑った様子を見せながらも王族からの誘いは断れないと思ったのか、そろそろと彼の手を取った。

「私でよろしければ、喜んで」

嬉しそうにはにかんで、優しく微笑むグリンダから、光がきらきらと零れ落ちる。

彼女の美しい様に、マティアスは思わず目を瞠った。

そうして美しい令嬢と王子が踊るその姿は、しばらく貴族達の間で熱く語り継がれる事になる。


煌びやかな舞踏会から静かな屋敷へと戻ったユーフェミアは、屋根裏にある質素な自分の部屋で汚れないようにドレスを脱ぐと、急いで化粧を落とす為の準備をはじめる。

ナゼール王国は温暖な気候の国で、冬と言っても雪が積もる事はない。

今は季節的に秋とは言え、夜は気温も下がりやや肌寒い。

しかし屋根裏には暖炉や浴室が無いので、桶（おけ）に汲んだ水に浸した布で体を拭く事しか出来ない。

ユーフェミアは桶を用意すると呪文（じゅもん）を詠唱する。

「我が力の源よ　たゆたう水となり　我が手に集え　ウォーターボール」

彼女の手に現れた水が桶の中に降り注ぐ。

「我が力の源よ　燃え盛る炎となり　我が手に集え　ファイアーボール」

魔法で現れた炎の玉が桶に入れられてお湯となり、温かな湯気を上げる。

「これぐらいで大丈夫かな……」

ユーフェミアは湯の温度を確かめ、慣れた手つきで体を拭いていく。

白粉（おしろい）がお湯に流されると、少し日に焼けた健康的な肌が現れる。しかしその肌の色は貴族令嬢が持つ、透き通るような白い肌色とは違い、使用人や平民と同じ色だった。

それから彼女は風魔法と火魔法で温風を作り、濡れた肌を乾かしていった。

「あー、すっきり！」

白粉で塗り固められた顔や身体を綺麗に拭き取ると、妖精かと見紛う美しい顔が現れる。

もしここが先程の舞踏会の会場であったなら、年頃の青年貴族達は挙って彼女にダンスを申し込んでいただろう。

化粧を落としたユーフェミアはお仕着せの服を身に纏う。

その姿はどこから見ても使用人であった。

しかし使用人にしては気品が溢れる整った顔立ちをしているので、どうしても違和感は拭えない。

ユーフェミアが身支度を整えると、屋根裏部屋の扉の向こうから怒鳴り声が聞こえて来た。

「ユーフェミア！　早くグリンダの着替えを手伝いなさい！」

神経質そうなその声の主はユーフェミアの義母でグリンダの母、ジュディ・ウォード・アールグレーンだ。

彼女の機嫌を損ねると、躾という名の嫌がらせを受ける為、ユーフェミアは慌てて義母の元へ走る。

幼い頃に母を病で亡くし、父親が再婚してからの八年間、ユーフェミアはずっと使用人のように扱われていた。

それでも侯爵家の威厳を保つ為か、出席する必要がある舞踏会には無理矢理着飾って出席させられている。

使用人のように働かされている彼女の肌はすっかり日に焼けてしまい、手も水仕事で荒れているので、白魚のような手とは程遠い。

だから義母は苦肉の策として、肌が見えない野暮ったいドレスに手袋をさせ、肌の色をごまかす為に白粉を塗りまくるのだ。

そのせいでユーフェミアの素顔を知るものは屋敷の者のみとなっている。

屋敷の者も女主人であるジュディの怒りに触れるのを恐れているのか、ユーフェミアには必要最低限の関わりしか持たない……ように見せかけて、実はジュディの目を盗み、ユーフェミアを助けてくれる者は大勢いる。


ユーフェミアがグリンダの部屋へ行くと、義母と義妹の会話が部屋から漏れ聞こえて来た。

重厚な扉のはずだが、義母と義妹はすこぶる機嫌がいいらしく、大声で今日の舞踏会の話をしているようだった。

「今日はどうだった？　侯爵令嬢っぽく上手に振る舞えたの？」

「勿論よ。今日もたくさん笑顔を振り撒いて来てやったわ。これからしばらくお茶会の誘いや贈り物がたくさん届くかもね」

「まあ！　それは楽しみね。今度はどれくらい高価なものが届くかしら」

「私、帝国産の月輝石をふんだんに使ったネックレスが欲しいわ」

「ふふ、グリンダったら。そんな希少な石なんて王国の貴族が手に入れるのは無理なんじゃない？　私だって見た事がないんだから」

「そうよねえ。こんな小国貴族の懐具合なんてたかが知れてるわよね。……ああ、ここが帝国だったらもっと高価な物が手に入ったかもしれないのに」

「かと言って帝国に伝手は無いんだから王国で我慢しなきゃ。貴族はともかく、殿下とはどうだったの？」

「そうそう！　今日マティアス王子とダンスを踊ったの！　ちょっと微笑んでやったら、私の事をすごく熱の篭った瞳で見つめるのよ。それにまた一緒に踊りたいですって！　彼ったらもう私に夢中みたいなのよ。ちょっとチョロ過ぎで心配になるわ」

「さすが私の娘！　よくやったわ！　じゃあ近々婚約の申し込みがあるかもしれないわね」

「今まではウォード家の血を引いていないからって婚約者候補から外されていたけれど……殿下本人からの要望だったら元老院のジジイ達も無視出来ないでしょ」


扉の向こうには、舞踏会で人々を魅了した美しい令嬢の様子は無く、己の欲望を隠そうともしない歪んだ笑い声を上げる少女がいた。

義母と義妹の会話内容にユーフェミアは思わず立ち竦む。

しかし義母に呼び出された手前逃げる事も叶わず、仕方なく扉を叩く。

「お義母様、ユーフェミアです」

ユーフェミアが声を掛けると、先程までの楽しそうな笑い声は止まり、不機嫌そうな声の義母が怒鳴りつけて来た。

「遅いわね！　何グズグズしてるの！」

「人を待たせるんじゃないわよ！　さっさと入りなさい！」

「申し訳ありません」

部屋に入って来たユーフェミアを見てグリンダが意地の悪い微笑みを口元に浮かべる。

「そう言えばあんた、すっごく無様だったわねー。みんなあんたの事なんて呼んでいるか知ってる？　『ぬりかべ令嬢』ですって！」

「あらあら。グリンダ、『ぬりかべ』ってなあに？」

ユーフェミアへの悪口であろう言葉に興味津々の義母が、心底楽しそうにグリンダへ問いかける。

「お母様、『ぬりかべ』は東の島国で昔から伝えられている、姿の見えない壁のような魔物なんですって。ユーフェミアは白くていつも壁の花だから『ぬりかべ』のようだって」

「ホホホ。上手く表現したものね」

「でしょー？　笑いを我慢するの大変だったのよ」

義母と義妹がユーフェミアに侮蔑の視線を向け、嘲笑う。

こうして毎日のように蔑まれているユーフェミアは慣れたものなのか無表情で佇んでいる。

無反応なユーフェミアに、苛立った義母が大きな声を出した。

「早くグリンダの世話をなさい！　殿下とのダンスで疲れてるのよ。香油を使ってマッサージもやってあげて！」

「私はあんたと違ってお坊ちゃん達からダンスに誘われて大変だったんだから。しっかりマッサージしなさいよ。爪の先までちゃんと手入れしてちょうだい」

グリンダが足を組み、ツンとした表情でユーフェミアへ命令する。

「グリンダのドレスも今日中に洗っておきなさい。丁寧(ていねい)にね！」

「今日は全く食べる暇がなかったからお腹が空いたわ。あんた何か作りなさいよ」

次々と好き勝手に仕事を言いつける義母と義妹に内心ため息をつきながらも表情には出さず、ユーフェミアは粛々(しゅくしゅく)と仕事をこなす。

屋敷の使用人達が就寝する時間もとうに過ぎ、ユーフェミアの仕事が終わったのは、夜も更(ふ)けた真夜中だった。

くたくたになりながらも、屋根裏の自室に戻ったユーフェミアは舞踏会の事を思い返す。

着飾った貴族や贅(ぜい)を尽くした料理、目に入るもの全てが豪華だった。

しかし彼女にとっては全く心が躍る事がない、むしろ面倒臭い行事という認識だ。

義母達に使用人扱いされるようになった当初は、母を偲(しの)ぶ間も無く慣れない仕事を押し付けられ絶望的になった。

それでも少しずつ仕事を覚え、慣れて来る頃にはすっかり使用人の仕事が板についてしまい、令嬢として振る舞うよりも、働いている方が楽しいと思うようになっていた。

ただ、今日のようにグリンダの準備に追われた上、自分も出席となると流石に疲労困憊だった。

ユーフェミアはベッドの中に潜り込み目を閉じると、マティアスとグリンダが踊っている光景を思い出す。美男美女が並ぶ姿はとても目の保養だった。

王妃などに興味がないユーフェミアにとって、マティアスはただの王族の一人であり、恋愛感情は一欠片も持っていない。むしろ早くグリンダを引き取って貰いたいと思っている。


ユーフェミアは胸元からネックレスを取り出した。

産みの母の形見であるそれは肌身離さず身に着けている宝物だ。

義母に取り上げられそうになった事もあったが、特に価値があるものでは無いと分かった途端、興味をなくし、捨てられそうになったところを必死に懇願して手元に残したものだ。

形見のネックレスの鎖には、その時はまだ無かった指輪が通されていた。使用人として扱われ出した頃に出会った、初恋の少年から貰った思い出の品だ。

「ハル……」

思わず少年の名前が口から零れ落ちる。

仲睦まじい恋人達の姿に当てられ、一人でいるのが少し寂しくなったのかもしれない。

ユーフェミアはハルと名乗った少年を思い出す。

この国では珍しく、見た事もない、黒い髪をした少年だった。

ハルは多種多様な人種が集う帝国から来たと言っていた。平民か貴族かも分からないけれど、とても明るく優しい男の子だった。

ハルから貰った指輪を握りしめる。

――せめて夢の中で逢(あ)えますように、と願いながら、ユーフェミアは眠りに落ちたのだった。

第一章　ハルとの出会い

——八年前、お母様が病で亡くなって一年も経たない内に、お父様がお義母様と半年程年下の義妹をお屋敷に連れて帰って来た。

「あなたがユーフェミアね。私が新しいお母様よ。これからはたくさん甘えてね」

「お姉さまが出来て嬉しい！　私グリンダ！　仲よくしてね！」

出会った当初のお義母様は慈愛溢れる笑顔を、グリンダは愛くるしい笑顔を浮かべ、優しく接してくれていたように思う。

しかし当時七歳だった私はお母様の死を受け入れる暇もなく、目まぐるしく変化する環境の中で置き去りにされ、気が付けばお父様は領地へ戻った後で——。

そして残された私は、早々に本性を現したお義母様とグリンダから嫌がらせを受ける日々を送るようになった。

一緒の席で食事をとる事を許されず、部屋から出る事を禁じられた。

そして誕生日祝いに貰った贈り物や、ドレスなど高価な物は全てグリンダに取り上げられ、唯一残った物はお母様の形見のネックレスだけ……それも懇願して何とか返して貰えた物だ。

「私専属の新しい使用人が欲しいけれど、雇うお金が勿体無いから、あんたが代わりに働いてよ」

ある日、いつもの気まぐれで発したグリンダの一言で、私は使用人として扱われる事になり、今まで住んでいた部屋からも追い出され、屋根裏部屋に住むように言いつけられた。

その横暴なお義母様達の振舞いに、屋敷で働いている人達は異議を唱えてくれたけれど、お義母様は使用人達に解雇をチラつかせる事で強引に黙らせてしまった。

使用人達は悔しそうに謝ってくれたけど、お義母様に逆らってまで庇おうとしてくれただけで嬉しかったから、「一生懸命頑張るので仕事を教えて下さい」とお願いした。

まさか全員に泣かれてしまうとは思わなかったので、すごく困ったけれど。


そうして慣れない事に戸惑いつつも、執事のエルマーさんや、今は女中頭になったダニエラさんに仕事を教えて貰いながら、早く仕事を覚えようと躍起になっていた頃――。

私はお義母様から突然用事を言いつけられた。

「王都で噂の人気店『コフレ・ア・ビジュー』で数量限定の香水が発売されるんですって！　ユーフェミア！　早く買って来て！」

その香水を売っている「コフレ・ア・ビジュー」というお店は屋敷から離れた場所にあり、子供の足では片道三時間以上はかかる距離だ。

今から急いで向かっても、とても開店時間に間に合いそうにない。

「香水を手に入れられるまで帰って来るんじゃないわよ！」

無茶振り(むちゃぶ)にも程があるが、とにかく香水を手に入れないと屋敷から追い出されてしまう。

お母様との思い出が残るこの屋敷から出るなんて考えられなかった私は大急ぎで準備をし、お店へ向かった。

あのお義母様とグリンダが馬車の使用を許可するはずも無く、私は王都の街を懸命に走る。

後で聞いた話だと、私が言いつけられた時点で商品は既に予約分だけで完売しており、たとえ馬車で急いだとしても手に入るものでは無かったそうだ。

そんな事も知らずに、一生懸命息を切らしながら走ってお店に向かう途中、なんとなく顔を向けた路地の向こうから、気になる気配を感じて思わず足を止める。

頭の中では急がなきゃと思うものの、その気配が気になって仕方がなかった私は日が陰って薄暗い路地へそっと足を進めてみた。


そして向かった先で、ボロボロの麻袋のような布に包まっている、何かの物体を見つけた。

その物体をよく見ると呼吸をしているかのように密(ひそ)かに動いているのが分かった。

……何かの動物だろうか？

魔物だったらどうしようと思いつつ、私は勇気を出して声を掛けてみる事にした。

「もしもし……？」

声を掛けたと同時に驚いたような動きをしたそれが、もぞもぞと動き出す。

そして黒い毛のようなものが見えたと思った瞬間、綺麗な青い宝石が目に入った。

まるで宝石だと思ったそれは青い瞳で――。

――その瞳を見た瞬間、私の身体に衝撃が走った。

身体の奥深く、魂が在る処から、何かが溢れ出してくる。

それは懐かしくも温かい、失っていたものが戻って来てくれたような、不思議な感覚だった。


そうしてボロ布から顔を出したのは、とてもやつれた様子なのに、それでも綺麗な顔立ちだと分かる、私と同じぐらいの年齢の男の子だった。

「…………う」

乾いた唇から微かに漏れ聞こえた声に、我に帰った私は慌ててしゃがみながらカバンの中のコップを取り出し、水魔法でコップを満たす。

水だけならいつでも魔法で飲む事が出来るから、きっと喉が渇くだろうと思い、コップをこっそり持って来て正解だったみたい。

男の子は自分で飲めないくらい弱っているらしく、そっと頭を支え起こしてコップを口につける。

初めは上手く飲めなくて、口から水が溢れていったけれど、少しずつ飲んでいくうちにゴクゴクと飲めるようになって来た。

水を何杯か飲み終わった頃には、男の子の渇いていた唇も潤いを取り戻し、顔色も心なしかよくなったような……気がする。

男の子は身体を起こし、何故か驚いた様子で自分の体を見渡している。

よく分からないけれど、動けるようになったのならもう安心かな？

「……ありがとう、もうダメかと思っていたから助かったよ。俺の名前は……ハル。君の名前を教えて？」

水を飲んで少しは元気を取り戻したのはよかったけれど、ボロボロの姿はそのままで。

――だけど私には何故か、ハルと名乗った男の子がとても輝いて見えた。


私も名乗ろうと思って口を開いたものの、本名を名乗るのが恥ずかしく感じて戸惑ってしまう。

今の私の姿は侯爵令嬢ではなくただの使用人だから。

そう考えていたら、ついお母様が呼んでくれていた愛称を思い出した。

「ミア……私の名前はミアです」

「そうか……ありがとう、ミア。貴重なポーションを分けて貰ってごめんね？」

「……？　ポーション？」

思いもよらない言葉に思わず聞き返す。……水魔法で出したただの水ですよ？

「あれ？　違うの？　でもあれは」

ぎゅるるるる～！

ハルが何やら言いかけたその時、彼のお腹から盛大な音が鳴った。

「……」

「……ごめん」

ハルが恥ずかしそうに顔を赤く染めながら、ポツリと呟いた。

あれだけ瀕死の状態だったのだ。かなりの間飲まず食わずだったのかもしれない。そう思うと私は慌てて立ち上がった。

「何か食べるものを買って来るから！　絶対ここで待っててね！」

「え？　ミア!?」

本当はハルの側を離れたくなかったけれど、早く彼に何か食べさせてあげたかった私は市場へ向かって駆け出した。


しばらく食べていない体に何がいいか考えて、口当たりの良さそうなパンや果物を買うと急いでハルの元へ戻る。

もういなかったらどうしようと不安になったけれど、ハルは私が戻るまで同じ場所で待っててくれていて、その姿にほっとため息を漏らす。

「おまたせ。久しぶりに食べるんでしょ？　ゆっくり噛んでから飲み込んでね」

ハルに買って来たものを渡すと、余程お腹が空いていたのかムシャムシャと食べはじめる。

私はさっきと同じようにコップを取り出し、魔法で水を注ぐ。

その様子をハルがパンを食べながら、興味深そうにじーっと見つめていた。

「どうしたの？」

「さっきの水もそうやって出したの？」

「ええ、お水だったら魔法で簡単に出せるもの」

「………」

「ハル？」

「……いや、なんでもないよ。そのお水、貰っていい？」

そう言うとハルは、コップの中の水を美味しそうに飲み干した。

「美味しかったよミア。食べ物ありがとう。でも俺、今手持ちが無くてすぐに返せないんだ……」

ハルはすごく申し訳なさげに謝ってくれるけど、そんなの承知の上だ。

「お金使わせちゃってごめんね。怒られるんじゃない？」

本当は香水を買う為に渡されたお金を少し使ってしまったから、このままではお金が足りなくて買って帰る事が出来ないけれど……。

足りない分は……。うーん、このネックレスを売れば大丈夫かも。

価値がないとは言ってもお義母様がいう事だ。きっと金銭感覚が違うに違いない……たぶん。

お母様の形見のネックレスを手放すのは寂しいけれど、ハルを助ける事が出来たのだから悔いは無い。きっとお母様も褒めてくれるよね。

「大丈夫！　気にしないで！」

「でも……」

未だ納得出来ない様子のハルを誤魔化す為に、私は今まさに思い出したかのように叫んだ。

「そうだ！　私お使いを頼まれていたの！　早く行かなくちゃ！」

突然叫び出した私に、ハルもびっくりして慌て出す。

「えっ⁉　それじゃあ、俺も護衛代わりにお供するよ！」

「で、でも……もう少し休んだ方がいいよ。それにその姿じゃ目立っちゃうかも」

ハルの黒い髪は珍しいし、服はひどく破けてはいないものの、綻んでいたりあちこち薄汚れていて、人混みの中でも悪目立ちしそうだから心配になる。

……怖い人に絡まれたらどうしよう。私でハルを守る事が出来るかな？

「そこは大丈夫！　ミアのおかげで魔力も回復出来たしね！」

そう言ってハルが何やら呪文のようなものを呟いた。声が小さくて聞き取りにくいけど、何かの魔法を使ったようだ。

「これでどう？」

ハルが一瞬光ったと思ったら、すっかり身綺麗になった姿で現れた。しかも髪の色が黒からよく見かける茶色に変わっている。

「ええ！　すごい！　さっきとは別人みたい！」

「ちょっと洗浄の魔法と、光の屈折を利用して髪の色を変えてみたんだ。どう？　すごいでしょ」

「うん！　本当にすごい！　本当にびっくりしたけど……」

「え⁉　何なに？　どこか変かな？　格好よく無かった？」

言い淀む私にハルがしょんぼりしてしまったので、慌てて誤解を解く。

「違うの！　すっごくカッコいいからまるで王子様みたいだけれど、髪の色はそのままの方が素敵なのに、変えちゃったからちょっと勿体無いなって……！」

信じてもらおうと両手を握り、必死に力説する私を見て、ハルは驚いたように目を瞠った後、それはもう嬉しそうに顔を綻ばせた。

髪の色が変わってすっかり別人になったハルと一緒に話をしながら目的地へと向かう。

ハルは私達が帝国と呼んでいる国――バルドゥル帝国からお父さんと一緒にナゼール王国にやって来たそうだ。

「お父さんは今どこにいるの？　はぐれたの？」

「親父は……うーん。多分そこにいるだろうって場所は分かっているんだけど……」

「じゃあ、早く帰ってあげないと。きっとすごく心配しているよ！」

「うん、そうだね。でも大丈夫。そのうち向こうが見つけてくれるよ」

「え？　本当？　どうやって？」

「んー？　内緒？」

「えー！　何それ！」

私の心配をよそにハルは全く慌てた様子を見せず、キョロキョロと街中を眺めている。

まるで王都の観光をしているみたい。

さっきまで死にかけていたとは思えない能天気（のうてんき）なハルの様子に、何だか心配するのも馬鹿らしくなって来た私は、何故ボロボロだったのかその理由を聞いてみた。

「うーん、やっぱり気になる？　本当は話さない方がいいんだろうけれど、ミアには助けて貰ったし……」

魔法で茶色に変えた髪を掻きながら、言いにくそうにハルがこそっと教えてくれた内容は、ある程度予想していたものだった。

「実は俺、誘拐（ゆうかい）されたんだよね」

「……えっと」

「あれ？　びっくりするかと思ったんだけど……。まあ、あの状態を見られたら察しが付くか」

「じゃあ、ハルは誘拐されたところから逃げて来たんだよね？　だったら尚更（なおさら）早くお父さんに会って安心させた方がいいよ！」

「うんうん、そうだね。でもそろそろ迎えが来るだろうから大丈夫だよ」

ハルはそう言うけれど、お父さんは今いる場所を知らないだろうし……。

それに髪の色も変わっているのに、見つけられるのかな？

うーん、よく分からないけれど、きっとハルがそう言うなら大丈夫……だよね？

「……分かった」

何となく納得は出来ないけれど、きっとこれ以上言っても無駄だろう。

とりあえず気を取り直した私は、一刻も早く目的のお店に向かう為に頭を切り替える事にする。

以前お母様と外出した時に馬車の中から見た景色を思い出し、朧気ながらお店がある方向へ意識を飛ばす。

(――よし、視えた!)

しばらく集中していると、私の頭の中に「コフレ・ア・ビジュー」と書かれた看板を掲げるおしゃれなお店の映像が浮かび上がる。その情報を元に、頭の中で地図を描き、最短の道を導き出す。

魔法を使う様子をハルがじっと見つめていたけれど、近道する事に集中していた私はそんな事を気にする暇がなく……。

そうして大体のルートを理解した私は、安心してホッとため息をつく。

「……そう言えば、どこのお店に向かっているの?」

不意にハルに聞かれ、そう言えば何も言っていなかったな、と思い返す。

「ええっと、王都で人気のあるお店で限定の商品があるとかで、それを頼まれていて……あ!」

そこで私は肝心な事を思い出して顔が真っ青になる。

(どうしよう、お金が足りなかったんだ……)

お義母様から預かったお金はちょうど商品と同じ金額の五万ギールだったから、ハルにあげた食べ物代千ギールがそのまま足りない。

ネックレスを売ってどうにかしようと思っていたけれど、ハルが一緒だと買取してくれるお店に行きにくい。

「……？　ミア、どうしたの？」

急に動かなくなった私をハルが心配そうな顔で見て来た。

（ハルには気付かれないようにしないと、また心配させてしまう）

どう言えば上手く誤魔化せるか悩んでいると、慌ててこちらに向かって来る人影が目に入った。

「……‼　ハルッ‼」

「あ、マリウス」

「『あ、マリウス』じゃねーよ！　全くもー‼　どれだけ心配したと思ってんだ！　本当にお前という奴はー‼」

ハルを見つけるなり怒り出したマリウスと呼ばれた人は、灰色の髪と目をした顔に銀色の眼鏡を掛けた、ハルより少し年上っぽい男の子だった。

「ね？　ちゃんと迎えが来たでしょ？」

動きを止めたままの私に、ハルがいたずらが成功したような、やんちゃな笑みを浮かべる。

物すごいドヤ顔だ。

「お前の魔力を見失ってからどれ程俺達が——……って、あれ？　こちらのお嬢さんは？」

ハルの隣に佇んでいる私に気が付いたマリウスさんが、興味深げな目で私の顔をじろじろと見て来る。

うーん。何か品定めされているような……？

「俺の命の恩人だ！　変な目でミアを見るな！」

ハルが私の前にずいっと歩み出て、マリウスさんの視線から庇ってくれた。

そんなハルを見たマリウスさんは一瞬目を瞠ったものの、何かに気付いた顔をすると今度はニヤニヤと企んだ笑顔になる。

「……ふーん……なるほどなるほど。お嬢さんがハルを助けてくれたんだね。本当にありがとう！」

今度はニコニコと綺麗な笑顔を向けられてしまった。

……何だかすごく表情豊かな人だなー。

「そこんとこちょーっとお話聞きたいんだけれど、お礼も兼ねて俺とお茶しない？」

気が付くとマリウスさんに両手を握られ、じっと見つめられている私。

「ええと……」

何だかやたら距離が近いような……？

「……！　ちょ、ちょっ……！　おまっ！　手！　俺だってまだ……！」

そんな私達を見て慌てふためいたハルの姿に、内心焦っていた私の心が逆に落ち着いた。

（そうだ、ここでハル達と別れればいいんだ）

「すみません、マリウスさん。お誘いは有り難いのですが、私には用事がありますのでご一緒する事が出来ません」

ハルとお別れだと思った瞬間、胸がちくりと痛んだけれど、今は気付かないふりをしよう。

「ハルにお迎えが来て安心しました。私はここで失礼します」

私はにっこり微笑んでお辞儀する。

気持ちが漏れないように、とびきりの笑顔で。

「……ミア？　急にどうしたんだ？」

ハルが信じられないという驚きの顔で私を見る。

(――今ならまだ間に合うから。これ以上一緒にいちゃダメだから)

「お礼などは結構です。お話ならハルから聞いて頂けますか？」

私がお断りすると、マリウスさんは片眉を上げ、ちらりとハルを見てからもう一度こちらに目を向ける。

「ええー？　それは困っちゃうなあ。こちらとしてもハルの恩人をそのまま帰す訳にはいかないんだよね。俺達が怒られちゃうし」

「でも……」

「じゃあ、ミアさんの用事とやらを先に済ませちゃおう！　その用事の内容を教えて貰ってもいいかな？」

どうにか断ろうとしているのに、逃がさんと言わんばかりにマリウスさんがグイグイ攻めて来る。

(どうしよう……)

「……ミア。ミアが急いでいるのは分かってる。だけど俺はもう少しだけミアと一緒にいたいんだけど……どうしてもダメ？」

しゅんとした顔のハルが、少し潤んだ瞳で私の顔を覗いて来る。

「……っ！」

そんな目で見られたら断れる訳ないって、分かっていてやっている顔だ……ずるい！

「うわー。えげつなー」

マリウスさんが吐き捨てるように呟いているけど、私にはよく聞こえない。

「……じゃあ、もう少しだけ、ね？」

「うん！　ありがとうミア！」

満面の笑顔を向けるハルに、しようがないなあと思いつつ、一緒にいたいと言われて喜んでいる自分がいた。

「……えーっと、じゃあ改めて聞くけど、どこに行く途中だったのかな？」

何となくマリウスさんの雰囲気がやさぐれているけれど、大丈夫かな？

「あ、はい。『コフレ・ア・ビジュー』っていうお店なのですが」

「コフレ・ア・ビジュー⁉」

店の名前を聞いたマリウスさんの目が光ったように見えたのは気のせいかな。

「マリウス知ってるの？」

「そりゃあ、知っていて当たり前だろ？　……っていうか、どうしてハルが知らないのか不思議だよ、俺は」

……どういう事だろう？　不思議そうにする私にマリウスさんが教えてくれた。

「コフレ・ア・ビジューは帝国が本店のお店なんだ。最近この王国に支店を出したって聞いた事ない？　今は帝国から皇帝が来ているからね、それにちなんだ商品も発売されているらしくって、色々話題になっているらしいよ」

（え！　今、皇帝が来ているの⁉）

「実に十年振りの国王と皇帝の会談だからね。それを記念に限定発売の商品が――って、もしかしてミアさんの用事ってそれ？」

「……！　はい、そうです！　その限定品の香水を買って来て欲しいと頼まれて……」

「そうなんだ。じゃあ、運よく予約出来たんだね」

「……え？」

（……なに、それ）

予約なんて話を聞いていない私は不安になる。

本当はお義母様の勘違いで、私に伝えるのを忘れていたなんて……事はないのだろうな。

明らかに顔色が悪くなった私にハルやマリウスさんが心配そうな視線を向ける。

「もしかして、ミアは予約の話を知らなかったの？」

「……うん。何も……。ただ買って来てって言われただけで……」

「それはおかしいなあ。とにかく人気がすごくって、予約出来た人にだけ販売する事になっているから、店に行けば誰でも買えるってものじゃないはずだけど」

――マリウスさんの言葉に、私は目の前が真っ暗になった。

『予約出来た人にだけ販売する』

私はマリウスさんの言葉を頭の中で反芻する。

――もう二度とお屋敷に帰る事が出来ないの？

頭の中がぐるぐるして、気持ちが悪い。

気が付いたら私の目からは涙が零れ落ちていた。

「ミ、ミア！」

いきなり泣き出した私にハルがオロオロとしている姿が視界に入る。

「どうした⁉　その香水が買えないと何か困るのか？」

ハルが心配してくれるけれど、自分の事情を説明するのはどうしても嫌だった。

――私が、お義母様や義妹に虐げられているなんて……。

どう説明すればいいのか分からなくて何も答える事が出来ない私に、二人が困っている雰囲気が伝わってきて、申し訳なくて情けなくて、更に涙が溢れてくる。

「まずは泣き止んでくれるかな？　それから一旦ここから離れよう」

マリウスさんが胸元からハンカチを取り出すと、そっと目元を拭ってくれた。

さりげなく優しい所作と綺麗な顔が近くにあって少しドキッとする。

「……っ！　マリウス！　またお前は……！」

何やら悔しそうに歯軋りするハルが可笑しくて、思わずクスッと笑ってしまう。

そのおかげか、涙はいつの間にか止まっていた。

「……器が小さいねぇ」

「……！　てめぇ……！」

「まあまあ、ほらチャンスをあげるから。早く行こう？」

またコソコソと二人で話しているけど、何を言っているのかよく聞こえない。

何を話しているのかな、と思って近づいてみると、ハルがパッと顔をこちらに向けて腕を伸ばし、私の手をぎゅっと握る。

あまりに自然なその動きに、手を繋がれたのだと、すぐには気付かなかった。

「え、えっと、ハル……？」

「とりあえずそのお店に行ってみようよ」

「……え、でも……。今から行ったって……」

もう香水は手に入らないんじゃ……と言いかけた私に、マリウスさんがすごく申し訳なさそうな顔をして言った。

「ごめんねミアさん。もう少しだけハルに付き合ってくれるかな？　悪いようにはしないから。ね？」

「……はい」

二人にそう言われると、きっと断るのは無理だろうなと思った私は大人しくついて行く事にした。

――ハルが握ってくれている手から伝わる体温が温かい。

私の手はもう貴族令嬢のように綺麗じゃなくて恥ずかしいけれど、ハルと手を離すのは嫌だった。

そんな私達をマリウスさんが後ろからニヤニヤと笑みを浮かべながら眺めていたけれど。


ハルの手に気を取られているうちに、目的のお店の前に辿(たど)り着いていた。

「わあ……！」

お店はガラス張りのとても綺麗な三階建ての建物で、お店全体がキラキラ輝いて見えた。

さっきは魔法で看板をチラッと視ただけなので、実際のお店がこんなに素敵だったのにはびっくりした。

「ほら、中に入ろう」

自分から入るには躊躇(ためら)いそうなお店だったけれど、ハルが手を引いてくれたおかげで自然と中に入る事が出来た。

「……すごい」

外から見ても素敵だったけど、中に入ってもすごかった。

エントランスは吹き抜けで開放感があり、所々に花や緑が飾ってある。

女性向きのお店かと思ったら、紳士用や子供用の物まで置いてあった。並んでいる商品はとても洗練されていて、どれを見ても素敵だった。

私が興味津々で商品を見ていると、ハルが色々と説明してくれた。

「これは今帝国で人気のブランドなんだ。デザイナーも天才って言われているけれど、ちょっと変わった奴なんだ」

「これを作った工房は昔から独自の技術を受け継いでいて、その技法は門外不出なんだよ」

「この布に使われている染料は特殊でね。中々この色を出すのが難しいらしいよ」

ハルはとても詳しくて、他にも色んな事を、私にも分かりやすく教えてくれた。

（ハルってもしかすると帝国から来た商人の息子なのかな？）

アクセサリー売り場では指輪やネックレス、ブレスレットに髪飾りなどが綺麗にディスプレイされていて、華やかな女性達で溢れかえっている。

珍しい色の宝石がついた指輪や、細かい細工の髪飾りは眺めているだけでとても楽しい。

食い入るようにアクセサリーを見ていると、私の顔を覗いたハルが面白そうに言った。

「ははは。ミアはアクセサリーに興味津々だなぁ。目がキラキラしてるよ」

ハルのその言葉に、ずっと見られていたんだと気付いて恥ずかしくなる。

「ハ、ハル！　ずっと見ていたの⁉　ずるいよ！」

「ずるいって……ははっ！　ミアは可愛いな」

「……っ！」

思いがけないハルの言葉に全身が真っ赤になる。

あわあわとする私とは反対に、ハルはくすくすと笑っていて、余裕そうな態度が憎たらしい。

「うぅ、からかうなんて酷いよ！　ハルの意地悪‼」

私の抗議にハルはきょとんとすると、申し訳なさそうな表情をする。

「えー？　そんなつもりは無かったんだけど……嫌な気分にさせちゃったかな？　ごめんね。でもミアを可愛いと思ったのは本当だよ」

「……か、かわっ……！」

再びハルに可愛いと言われてしまい、落ち着きそうだった顔の火照りが再発してしまう。

（……ああ、もう！　このままじゃ、顔が赤いまま戻らないよ……！）

未だに真っ赤になっている私を、ハルは愛おしそうな、優しい瞳で見つめると、握っていた手にぎゅっと力を込めた。

ハルのそんな一挙一動に、私の心臓はドキドキして落ち着かない。

私の心中を知ってか知らずか、ハルは満面の笑みを浮かべて再び店内を歩き出す。

「ねぇ、ミア。この中でどれか欲しいものはある？」

ふと、ハルが私に質問をして来たので、店内を見回して考えた。

（欲しいもの……どれもとても素敵だけれど……）

「ううん、欲しいものは無い、かな」

「……そう」

何故かハルが残念そうな顔をする。

（本当はどれも素敵だから、欲しいものはいっぱいあるけれど……）

「ごめんね。どれも素敵過ぎて選べないの。それに見ているだけで十分満足だよ」

もしどれか一つでも買って帰ったら、絶対お義母様とグリンダに取り上げられちゃう。

「でも、ハルの説明はすごく分かりやすかったよ！　お店丸ごと欲しくなっちゃった！」

「本当⁉　ミアが欲しいなら俺の私財――」

「はいはい！　ストーップ！　ハル、ちょっと落ち着こっか」

ハルが何かを言いかけていたけれど、マリウスさんが強引に遮った。

（そう言えばマリウスさん、しばらく姿が見えなかったような……）

「二人とも、ちょっとこっちに来て貰っていいかな？　会わせたい人がいるんだ」

マリウスさんが手招きしながらお店の奥へと向かうので、慌てて付いて行く。

途中で「買取カウンター」という看板を見つけ、ここで買い取りもしてくれる事を知った。

……ネックレス買い取って貰えるかな？

沢山いたお客さんは、奥へ行けば行く程減っていき、陳列している商品も、見るからに高価なものになっていた。

私達は思い思いに商品を選んでいる貴族や執事らしい人達の間を通り抜け、更に奥へと導かれる。

「この部屋だよ」

マリウスさんが重厚な扉を開けると、高級そうなテーブルとソファーが置いてある部屋に通される。どうやら商談用の部屋らしい。

「ここに座って待っていようか」

「あ、あの、勝手に入って大丈夫なのですか？」

「ちゃんと許可は取ってあるから大丈夫だよ」

（マリウスさんが許可を取ってくれているというのなら大丈夫なのかな……？）

部屋に入るのはちょっと怖くて躊躇ったけれど、マリウスさんの行動があまりに自然だったので、私は言われるがままに、ハルと一緒にソファーへと腰掛けた。

マリウスさんは座らずにハルの後ろに立っている。

（……まるで護衛か従者みたいだな）

ソファーは座ると身体が沈むような、でもとても座り心地がいい物だった。

お屋敷のソファーよりよっぽどいい品なのが私でも分かる。

このお店に入ってからずっとここまで、周りの何もかもが高級品だったので、壊したり汚したらどうしようと気になって、何だかそわそわしてしまう。

美術館でしか見る事が出来ないような調度品が並ぶ室内を見ていたら、扉がノックされる。

そして「失礼します」と言う声の後、お茶を持った使用人らしい女性が入って来て、流れるような所作で紅茶を淹れてくれた。

紅茶のいい香りが部屋中に広がり、とても高級な茶葉を使っているのが分かる。

「どうぞ」

「あ、ありがとうございます！」

使用人さんから紅茶を受け取り、お礼を言う。

恐る恐る飲んでみると、爽やかな風味が鼻を抜けていき、気分が落ち着いていく。

――すごく美味しい！

茶葉もいいけど、淹れる人の腕もすごくいいのだろう、とても美味しい紅茶だった。

（私もこんなに上手く淹れる事が出来るようになりたいな……）

紅茶を飲んでいると、また扉がノックされる。次に入って来た人は、柔らかそうな物腰だけれど、ちょっと怖い目をした年配の男性だった。

「お待たせして申し訳ありません。私、この店舗を営むランベルト商会の会頭でハンス・ランベルトと申します」

「は、初めまして！　ミアと申します！」

「ははは、そんなに緊張しなくても大丈夫ですよ、可愛いお嬢さん」

笑うと優しそうな雰囲気になるハンスさん。やり手の商売人って感じ。

「私はいつも帝国の本店に身を置いているのですが、会談が行われると聞いて最近王国に来たのですよ。この機会に王国で商売を広げようと思いましてね」

「そうなのですね。先程店内を見せて頂きましたけれど、どれも素敵なものばかりで感動しました」

思ったまま正直に感想を言うと、ハンスさんが目を細めて私を見る。

「それは嬉しいですね。このお店は私の息子が企画して出したお店なのです。褒めて貰えて息子も喜ぶでしょう」

ハンスさんと話していると、マリウスさんが声を掛けて来た。

「……会頭、そろそろお話をお伺いしたいのですがよろしいでしょうか」

私より年上らしいとは言え、畏まった口調が凄く大人っぽいんだけど……マリウスさんって一体何歳なんだろう。

「ああ、そうでしたな。これは失礼しました。可愛いお嬢さんとお話し出来たものだからつい」

ははは、と笑うハンスさんに、マリウスさんが話を切り出した。

「実は、こちらのミアさんがこのお店で取り扱っている商品の購入を希望されているのですが、予約限定商品だったようで。お店の方に確認を取ると、既に売切れで入手が困難だと伺いました」

「ああ、『ミル・フルール』の事ですね？　お陰様で予約が殺到したので予約すら出来ないお客様がたくさんいらっしゃいましたよ」

「それを踏まえて会頭にお願いなのですが、ミアさんにその商品を一つ融通して貰えませんか？」

「……！　え⁉」

マリウスさんのお願いに私の方が驚いて、思わず声を出してしまった。

話の流れでハンスさんは分かっていたみたいだけれど……。

「……貴方が私にそのような願いをされるとは……こちらのミアさんと仰るお嬢さんとはどのよ

うなご関係で……？」

　ハンスさんが鋭い目をしてチラリと私に視線を投げる。

「ミアさんは私の主の命の恩人です」

「……！　何と！」

「……え！」

　マリウスさんの言葉に、今度はハンスさんも驚いて、目を開いたまま固まっている。

　……驚いた内容は私と違うようだけど。

　ハンスさんはしばらくハルの顔をじっと見ると、何かに気付いたのか、ハッとした表情をした。

　私の方はマリウスさんの主がハルという事にびっくりだ。

　対等ではないにしろ主従関係があったなんて……。

　ちらりとハルを見ると、特に動じた様子もなく、悠々とお茶を飲んでいた。……大物？

　でも、二人が主従の関係だとすると、マリウスさんも商会関係の人なのかな？　ハンスさんと顔見知りだし。

　そこで私はハッと気が付いた。

（……もしかしてライバル店同士!?）

　そう考えると合点がいく。

　ハルはライバル店に無茶なお願いをしようとしているのかもしれない……！　私のせいで……？

（どうしよう、ハルが弱みを握られちゃう……！）

ハルとマリウスさんの立ち振舞いや、ちょっとした仕草などを見る限り、二人はかなり教育の程度が高い事が分かる。

お互いの言葉遣いは砕けたものだけど、端々（はしばし）に気品のようなものを感じるし。だとすると、ハル達のお店も帝国にある大きな商会なのだろう。

（もしライバル店にこんなお願いをして借りを作ってしまったら、ハル達のお店に不利な条件で取引を要求してくる可能性が……！）

ちらっとハンスさんを窺（うかが）うと、とても真面目（まじめ）そうだし、そんな悪い人には見えないけれど……やり手の商売人みたいだし、きっと見た目で判断しちゃ駄目だよね。

ハル達に迷惑を掛けてしまうのは絶対に嫌だったので、自分からこの話は断ろうと思い、口を開こうとしたら、今まで黙っていたハルがぽんっと私の肩を叩いた。

「ねぇ、ミア。何か変な事を考えてない？」

「……え？　これで弱みを握られてしまったら、ハルのお店が……あ！」

「「「………………」」」

ハルに聞かれ、思わず考えていた事がポロっと出てしまった。

三人とも真顔で無言になってる……！

（どうしよう！　きっと不快に思ったんだ‼）

「あ、あの……す、すみません……！　私、大変失礼な事を……」

私の顔色は青を通り越して白くなっているかもしれない。身体もプルプルと震えて来た。

（……ああ、このまま倒れてしまいたい……！）

ハンスさんの反応が怖くて俯いたままの私の頭上から、ハルが吹き出した声がした。

「……ぶはっ！　わははは！　あーたまんねー！　ミアって面白いなー！」

ハルがお腹を抱えてヒーヒーと笑っている。

その反応に驚いて顔を上げると、マリウスさんとハンスさんも肩を震わせて笑いを堪えている。

「……え？　え？」

みんなが笑っている理由が分からない私に、マリウスさんが答えを教えてくれた。

「……くっ、大丈夫だよミアさん。俺達は商いを生業としている訳じゃないから。まあ、会頭と親達は何かしらの取引はしてるだろうけどね」

「そうそう、だから変な心配はしなくていいよ。それに——これは俺個人の取引として扱うから」


ハルはそう言うと背筋を伸ばし、ハンスさんに真面目な顔を向ける。

その表情はキリッとしていて何だか別人のよう。

「ランベルト商会会頭、ハンス・ランベルト。俺は『ミル・フルール』を所望する。速やかに献上せよ。その代償として俺がランベルト商会の後ろ盾となる事を約束しよう」

ハルの宣言にも似た言葉に、ハンスさんが驚きも露わに身を乗り出す。

「本当ですか⁉　それは我々にとって願ってもない事ですが……！　……いや、しかし……それでは代償が釣り合わないのではないでしょうか？」

「それは構わない。何よりミアがこの店を気に入ったそうだからな。それに、これからお前には存分に俺の役に立って貰うつもりだ」

「……畏まりました。このランベルト商会会頭、ハンス・ランベルト、喜んで貴方様のお役に立って見せましょう！」

私はハルとハンスさんの会話についていけずポカーンとする。

――何だかすごい会話を聞いてしまったような……。

「君、例の物を」

ハンスさんが控えていた使用人さんに指示を飛ばす。

使用人さんは「はい」と言うとお辞儀をして部屋から出てしまった。

「今お持ちしますので、しばらくお待ち頂けますか？」

「……ふん。やはり予備を持っていたか」

お互い含みがある笑みを浮かべているけど、目が全く笑っていない。

「……ねぇ、ハル。一体どういう事なの？」

私はさっきから行われている駆け引きの意味を教えて貰おうと、ハルの服の裾（すそ）をくいくいと引っ張った。

「ふふっ、大丈夫だって。ミアは何も心配しなくていいから、とりあえず俺に任せてくれる？」

「で、でも……。後ろ盾がどうとかって――」

――結局ハルに迷惑を掛けるのでは、と言いかけた時、ノックの音がして先程出て行った使用人さんが箱のようなものを抱えて帰って来た。

「ああ、ご苦労」

ハンスさんが使用人さんに箱を置くように目配せすると、使用人さんは持っていた箱をそっと机の上に置いた。

「……わあ……！」

机の上に置かれたのは、繊細な花のガーランド模様の生地でカルトナージュされた箱だった。

「さあ、お嬢さん。どうぞ箱を開けて、中を確認して見て下さい」

ハンスさんに促され、恐る恐る箱の蓋を開けてみると、落ち着いた色合いのベルベット生地のクッションに包まれた香水瓶が入っていた。

「……すごい……綺麗……！」

香水瓶は繊細に彫金された飾りとガラスで出来ていて、あまりの美しさに感嘆のため息が漏れる。

そんな私の反応に満足そうに頷(うなず)いたハンスさんが「ミル・フルール」の説明をしてくれた。

「この香水瓶はクリスタルガラス製でしてね、クリスタルタイユで形を作ったものなのです。その香水瓶に付いている飾りは銀板に彫金したもので、レースのようにカットした透かしをつけ、淡い金色の金鍍金(めっき)を施してあるのです」

知らない単語が沢山並んでいる説明に半分も理解出来ないけれど、とてもすごい物だという事が私でも分かる。

「この彫金飾りをクリスタルガラスの瓶へぴったりと添わせております。栓（せん）も銀製の花と植物の彫金仕上げで、同じく銀のチェーン付きです。彫金飾りは表裏だけでなく、側面も全て香水瓶を取り巻いております。我が帝国随一の金銀細工工房の宝飾彫金師による作りで、その工房では一つ一つ注文を受けて作っているのですよ」

（……やっぱりよく分からないけれど、瓶だけで相当な価値があるみたい）

ハンスさんの説明が段々白熱していくので、理解が追いつかなくなって来た。

「そして中に封入されている香水ですが、『ミル・フルール』――これは千花模様、万華模様という意味で、まあ簡単に言うと〈千の花〉ですね。その名前の通り、多種多様な花のエッセンスをふんだんに使用しております。植物香料は百合（ゆり）、ヘンナやサフラン、マルメロに檸檬（レモン）、葡萄（ぶどう）の花などから取れるものですが、その中からさらに厳選された素材を我が商会自慢の調香師がブレンドしておりまして、この世に一つしか無い香りを――」

（どうしよう、ハンスさんのうんちく話が止まらない）

「会頭、説明が長すぎる」

困っている私を見かねたのか、ハルがハンスさんの暴走を止めてくれた。

「……！　これは失礼致しました。語り出すとつい止められませんで」

ハンスさんが申し訳なさそうに、私の顔色を窺うように言って来た。

「……それで、如何（いかが）でしょう？　こちらの商品でお間違いないですかな？」

「は、はい！　とても素晴らしいものを見せて頂きありがとうございました。確かに私は香水を買ってくるように言われていますけど……」

言い淀む私にハンスさんが怪訝な顔を向ける。

「何か疑問に思う事がおありでしたら、どうぞ遠慮なく仰ってくださって結構ですよ？」

ハンスさんの言葉を聞いて、隣にいるハルを見ると、にっこり笑って頷いてくれたので、思い切って言ってみる事にした。

「あの、こちらは本当に私が欲しい香水なのでしょうか……？」

「……と言いますと？」

私の疑問にハンスさんの眉がピクリと動いた。

思わず竦みそうになるけれど、何とか言葉を続ける。

「はい、実物を見せて頂き、お話を聞かせて頂いて思ったのですが、私が頼まれたものよりもっと高価な品のように感じられるのです……。正直、預かって来た金額で買えるものとは思えません」

私が預かった金額は五万ギール。普通の香水が大体五千から一万ギールだから、それでも高めの金額なのだろう。

――でも、どう見ても瓶だけで二十万ギール以上……もしかすると五十万ギールはするかもしれない。桁が違ってしまう。

「ほうほう、なるほど。お嬢さんは物の価値をよく分かっていらっしゃる」

ハンスさんが感心したように頷きながら、椅子に深く腰掛ける。

「確かにこちらは店で売っている『ミル・フルール』とは違います。でも、違うと言っても瓶だけで中の香水は同じものです。お嬢さんにお見せしたこちらの品は、さるお方へ献上する為に作った試作品なのですよ。しかし試作品とは言っても献上品と何ら遜色はありません」

「試作品……」

確かに、売りに出せば欲しがる貴族は沢山いるだろうな、と思う。

「今、こちらの手持ちはその試作品しかありません。一般販売の方は帝国からの取り寄せになりまして、今すぐという訳にはいかないのです。よければそちらの品でご納得頂きたいのですが」

試作品でも中身が同じなら問題ないはず。手に入るのなら、お義母様も文句は言わないと思うけれど……。そもそも一体いくらするのだろう……？　とてもお金が足りるとは思えない。

「……お気遣いありがとうございます。ただ、恥ずかしながら手持ちが無いので、こちらの品を頂く訳にはいかないのです」

「何を仰います！　もちろん、お代は結構ですよ。こちらとしましては既に十分な対価を頂いていますからね」

――でもその対価は私ではなく、恐らくハルが払ってくれるものだ。

「いえ、そういう訳には――」

「じゃあ、こうしよう！」

なかなかうんと言わない私の言葉を、何かを思いついたハルが遮った。

「その香水は取引の代償に俺が貰うから、それをミアにお礼としてプレゼントするよ！　どう？　それならいいでしょ？」

お礼にしては高すぎるプレゼントなのだけれど……でも、これ以上断るのはハルにもハンスさんにも申し訳ないし。

よくない頭でどうすれば一番いいか考えて――そうだ！

「ありがとう、ハル。じゃあ、その『ミル・フルール』は私がハルから買い取るね」

「え？」

「あ、でも……その、買い取るって言ったけど……本当はね、持っているお金全部出しても足りないの……」

思わず勢いで買い取るなんて偉そうな事を言ったものの、お金が足りない事が恥ずかしくて顔が真っ赤になってしまう。

「……だから、足りない分はこのネックレスで払えないかな……？」

私が服の中から形見のネックレスを取り出してハルに見せると、ネックレスを見たハル達がはっと息を呑(の)むのが分かった。

「お嬢さん、それは……！」

ハンスさんが驚きに目を瞠(みは)り絶句してしまった。

（……やっぱり買い取りは無理かな？　お義母様が価値無しと言って捨てようとしたものだし）

「ごめんなさい……今はこれしか持っていないから、全然足りないと思うけど……その分出来たら割引してくれたら嬉しい……な」

（さすがに厚かましかったかな？　たとえ五万ギールあったとしても全然足りないだろうし……）

「……っ！　ミア！　そんな事ぶっ！」

感極まったような顔をして、私に抱きつこうとして来たハルの顔を、マリウスさんが押しのけた。

「～～！　痛ってぇ～～‼」

「ハル大丈夫⁉　今首がグキって言ったよ⁉」

心配する私をよそに、マリウスさんは手をひらひらさせながら言った。

「ああ、いいのいいの。こいつ丈夫だから。で、ミアさんに聞きたいんだけど、このネックレスはどうしたの？」

「お嬢さん、これを何処で手に入れたんです？」

マリウスさんと我に返ったハンスさんが食い気味に聞いてきてちょっと怖い。

「あの、母の形見なのですが……何か……？」

（あれ？　もしかして価値があったりするのかな？）

「ミアのお母さん亡くなってたんだ……」

ちょっと期待してしまった私の横で、ハルが悲しそうな顔をして呟いた。その悲痛な表情を見た私はハルに安心して欲しくて慌てて説明する。

「うん、一年ぐらい前に病気でね。でもいっぱい愛情は貰ったし！　助けてくれる人達もいるから！　大丈夫だよ！」

努めて明るく振る舞う私にハルは「そっか……」と言って、一応納得（？）してくれたみたい。

「お母さんの形見か……失礼だけど、他に遺品は何か残っていますか？」

ハンスさんがネックレスを眺めながら質問して来たけれど、他は全てお義母様に取り上げられてしまったから、今はこのネックレスが私の全てだ。

「……いいえ。他は何も……」

私の言葉に「うーん」とハンスさんが唸った。

「じゃあ、これはミアが持っていなよ！　大事な形見なんでしょ？」

ハルがネックレスを私の手から取ると、今度は首にかけてくれた。

近くに来たハルの綺麗な顔に、思わず胸がドキッとする。

「……え、でも……」

「いいからいいから！　本当は俺がプレゼントしたいけど、ミアは受け取ってくれないんでしょ？」

「無理無理！　とてもじゃないけど無理！」

（そんな高価なもの、いくらハルからのプレゼントだとしても受け取れないよ！）

「ミアさん、本当にそれでいいの？　せっかくだし貰っておけば？」

マリウスさんもそう言ってくれるけれど……。

「いえ、それがいいんです。ハルのおかげでもう手に入らなかったはずの『ミル・フルール』を買う事が出来るなら、それだけで十分です」

「……ミア……！」

私の言葉を聞いたハルに、感極まったような顔で見つめられて、ちょっと恥ずかしい。

「ふーん。欲が無いねー。しかもまけてって言ってるけど、それ、ハルに食べさせた代金分でしょ？」

「何だって⁉」

……うっ。黙っているつもりだったけどマリウスさんにはバレちゃってる。

「ミア、本当？」

言葉に詰まってしまった私に、確かめるようにハルが顔を覗いて来たので、仕方なしに頷いた。

「……うん」

出来ればハルには知られたくなかったけれど。

「……そっかー。そんな大事なお金を使ってまで俺を助けてくれたんだね」

ハルが眩しそうなものを見るような目をして私を見る。

改めて言葉にされるとすごく恥ずかしくて思わず俯いてしまう。

「――では、商談成立ですかな」

話がまとまったと判断したハンスさんがホッとした表情を見せる。もしかしてすごく心配させてしまったのかも。

「ハンスさん、貴重な品をありがとうございます」

「いやいや、先程も申し上げた通り、こちらにとって得はあれど損はありませんからね。私の方がお礼を言わなければならないぐらいです」

「ハンス、手間を取らせた。詳しい話はまた帝国に戻ってから頼む」

「勿論です。いつでも私をお呼び下さい。馳せ参じます故（ゆえ）」

綺麗な袋に入れて貰った「ミル・フルール」をハルから受け取り、代金が入った袋をハルに渡す。

――無事、「ミル・フルール」が手に入った。すごく嬉しい……！

そしてハンスさんに挨拶をしてからお店を後にして、ハル達と一緒にもと来た道を辿る。

本当に素敵なお店だったな、と思いながら空を見上げると、もう空が橙（だいだい）色に染まりかけていた。

朝早くに屋敷を出て来たのに、随分（ずいぶん）時間が過ぎていたみたい。

「早く帰らなきゃ……！」

あまり遅くなってしまうとまたお義母様に怒鳴（どな）られてしまう。もしかすると食事を抜かれてしまうかもしれない。

慌ててハル達の方を見ると、その向こうから何やら白いものが飛んで来るのが見えた。

「……あれは」

その白いものは鳥だったみたいで、ハルの頭の上をくるりと一回転すると、今度はハルの腕に留まり、「ぴぃ」と一声鳴いた後、その姿が手紙に変わる。

（わあ！　急ぎの用事に使われる風の魔法だ……！）

話に聞いた事はあったけれど、見るのは初めてだ。

受け取った手紙を確認するのかな？　とハルを見ていたら、手紙を開けずにポケットに仕舞い込んでしまったので驚いた。

「ええ！　手紙読まなくていいの⁉」

「いいのいいの。どーせ内容なんて読まなくても分かってるし」

けろっとした顔で言うハルの後ろからにゅっと手が伸びて来て、ポケットの中の手紙を取り出す。

「〈ロワ・ブラン〉を使ってまで連絡して来るって事は、すごーく急ぎの用事なんだからさ。ちゃんと読んであげなよ」

ちなみにこの〈ロワ・ブラン〉は任意の相手の魔力を辿って連絡を取り合う事が出来る魔法だ。

マリウスさんが、取り出した手紙の封筒を破って中を確認すると、ジロリとハルを睨む。

「これ以上待たせるのは、ハルにとってもよくないよ？　分かるよね？」

マリウスさんが言い聞かせるように言うと、ハルは苦い顔をしていたけれど、しばらくすると諦めたように「ちっ」と舌打ちをした。

「わーったよ。また閉じ込められたらたまんねー。今日はおとなしく帰る事にするよ」

「今日はってところが気になるけど、まあいいや……。ミアさん、俺達急いで帰らないといけなくなっちゃった」

「……ミア、送ってあげられなくてごめん……！　俺、もう行かないと……」

「ううん！　まだ明るいし、ここまで来たら大丈夫！　早く帰ってお父様を安心させてあげて？」

本当はお別れが残念ですごく寂しかったけれど、気付かれないように無理矢理笑顔を作ったのに。

そんな私を見ると、ハルは少し寂しそうな顔をして――そっと私を抱きしめた。

「ひゃあ……！　ハ、ハルっ……！」

突然の事に驚いて、思わず変な声が出てしまう。

……すごく恥ずかしい！　全身が真っ赤になっているのが自分でも分かる。

「ミア、助けてくれてありがとう！　君に逢えて本当によかった……！」

「……わ、私も……！　ハルと出逢えて嬉しかったよ……！」

私も背中に腕を回して、ハルをそっと抱きしめる。

「またミアと会いたいな。どうすれば君に会える？」

「……そ、それは……その……」

今日みたいに外に出られる事なんて滅多にない。約束したとしても果たせるかどうか……。

「ハル、いつまで抱きしめてるの？　ミアさんが困ってるよ」

マリウスさんに言われ、ハルが渋々と腕を外すと、体から温もりが離れて行く。

「ミア、お願いがあるんだ。今度会う時まで、この指輪を預かっていてくれない？」

ハルは私にそう言うと、胸ポケットから指輪を取り出した。

その指輪は白っぽい金色をしていて、表面には桜の花の意匠と文字のような細かい模様が彫られている。

（あれ？　お母様のネックレスとよく似た材質のような……？）

「……‼　ハルっ……‼」

その指輪を見たマリウスさんが珍しく狼狽える。そんなマリウスさんにハルが一言。

「黙れ」

「……！　しかし……！」

それでも尚、声を上げようとしたマリウスさんを、ハルが威圧を込めた鋭い目で制す。

「……っ！　分かったよ……。でも、どうなっても俺は知らないからね！」

マリウスさんが降参とでも言うように両手を上げてため息をついた。

「……ああ、全ての責任は俺が取る」

マリウスさんは納得したみたいだけれど、大丈夫なのかな……？

二人にしか分からない事情があるっぽいけれど。

「ええっと、ハル、大丈夫なの……？　すごく大切な指輪なんじゃ……」

「そう、すごくすごく大切な指輪なんだ。だから絶対失くさずに持っていて欲しい」

言っている事はメチャクチャだったけど、ハルの真剣な目に押されたら断れるはずもなく……。

ハルから受け取った指輪をきゅっと握りしめる。ハルの体温がなくならないように。

何だかハルへの執着がすごい。出逢ったばかりなのに、ハルが絡むと簡単に感情が揺さぶられる。

（どうして……？）

その疑問は、考えるまでもない簡単な事だった。

（――そうだ、この感情が恋だ。私はハルに恋をしたんだ……）

私は決意を込めて、こっくりと頷いた。

「分かった！　絶対失くさないから！　……だから……だから、また必ず王国に来てね……？」

「うん！　約束する！」

キラキラと輝くようなハルの笑顔を目に焼き付ける。いつでも思い出す事が出来るように。

──ハルとまた会える約束が出来て嬉しい。

別々の国で暮らしている私達が、簡単に会う事は出来ないだろうけれど、私が指輪を持っている限り、この約束はずっと続くんだ──

──そうして私達は再会を約束してお別れした。お互いの姿が見えなくなるまで、手を振り続けながら。

ミアとの出会い（ハル視点）

ミアが見えなくなるまで見送った俺を、マリウスが痛々しい表情で見る。

「……ハル、いや……殿下。本当に彼女に皇環を預けてよかったのですか？」

「……くどい。俺がもう決めた事だ。誰にも文句は言わせない」

……そう言ったものの、マリウスが心配するのも仕方がない事だった。

皇環は歴代の皇帝が持つ継承者の証で、かなり希少な鉱物である月輝石で作られており、皇環を失うという事は、継承権を失うと同義なのだ。

帝国において現在、皇位継承権を持つものは俺ともう一人、大公である叔父上だけだ。

その叔父上もまもなく継承権を失効する。

帝国では皇位継承権が第一位であっても、四十歳までしか皇位を継ぐ事が出来ない。

今は俺が第一位の為、次代の皇環を授かっている。

現在叔父上は三十九歳……虎視眈々と皇位を狙っていた叔父上の事だ。今頃相当焦れているに違いない。

だから継承権が切れる前に、俺を殺す必要があったのだろう。

ここ最近の叔父上は何やかんやと理由をつけて、俺を宮殿から出そうとしていたし。

「……はあ。恋は盲目とは言いますが……まさか殿下がねぇ……。確かにミアさんは可愛いし、殿下ともお似合いでしたけど」

「おい。確かに俺はミアに惚れているが、何も考え無しだった訳じゃない」

「……！　へぇ、ミアさんが可愛かったから惚れただけではない、って？」

マリウスが顔を近づけながら興味津々で聞いてくる。

（……こいつ、この状況を楽しんでやがるな）

「まず、俺はミアと出会うまで瀕死の状態だった……魔力も底を尽いていたしな。下手すると後一時間程で死んでいたと思う」

意外な俺の言葉に、マリウスの顔色が悪くなる。そこまで酷い状態だと思わなかったのだろう。

「もう最期だと思った時……彼女が俺を見つけて声を掛けてくれたんだ。そして魔法で作った水を飲ませてくれた」

マリウスが「まさか……」と小さく呟いて、考え込むように顎に手を当てる。

「水を飲んだ後、俺の怪我や体力、魔力は全快していた……その意味が分かるか？」

驚愕した表情のマリウスが俺に問いかける。

「……まさか、彼女は……ポーションを自分の魔力だけで……？」

俺は鷹揚に頷いた。

本来のポーションは、薬草を調合したものに魔力を混ぜて作る、というのが常識だ。

だけどミアが出した水は純粋な魔力だけで作られていた。

水魔法で出した水には人を癒やす効果は無く、ポーション作製に於いても必要なのは、薬草の持つ効能をどれだけ引き出せるかに掛かっている。

優秀な薬師とは、それぞれの薬草に合わせて最適な魔力調整を行い、高い効果を持つポーションを作り出せる者の事だ。

だから水だけで怪我や体力・魔力を完治させる程の効果を与えるなんて不可能だ。


この世界では火・水・風・土の自然からなる基本の四属性と、光と闇の属性の他に無属性の魔法がある。無属性とは自然現象に当てはまらない属性の事で、体や部屋などを綺麗にする生活魔法や、珍しいものでは空間魔法や鑑定魔法などの事を指す。

そんな複数ある属性の中で、魔力で人を癒やす事が出来る属性はこの世に一つだけ――

――それは即ち、ミアが持っている属性が貴重な〈聖属性〉であるという事を示している。


俺は〈聖属性〉の人間と会うのが初めてだった事もあり、ミアの持つ属性にすぐ気が付く事が出来なかった。

「しかし、王国や一部の国では子供の頃に魔力測定を行うと聞いています。もしミアさんが本当に〈聖属性〉を持っているのなら、とっくの昔に法国に保護されていると思いますが」

マリウスが言う通り、〈聖属性〉を持つ人間は全員法国に連れて行かれ、特殊な教育を受けると聞く。だというのに、何故ミアは王国で暮らしているのだろう？

「だけど彼女は自分が〈聖属性〉を持っていると気付いていなかったし、出した水もただの水だと思い込んでいた。自分が作った水が実は上級ポーションだと気付かずに、な」

基本ポーションは高級品で、手に入れる為には結構な金額が必要だ。

下級、中級、上級、最上級と存在するポーションの中でも、普通の貴族が買えるランクは中級が精々だろう。

更に上級となると、所持出来るのは王族やそれに並ぶ上位の貴族ぐらいだ。

最上級クラスなんて、法国の大司教が持っていると噂されているが、実際には存在すら疑わしいレベルだ。

それ程貴重な上級ポーションを作り出す存在なんて、一体どれ程の影響をもたらすのか想像もつかない。

「自分で上級ポーションだと言ったものの……それすら怪しいな。上級ポーションで魔力まで回復した事例など、聞いた事がない」

「それ程の存在が全く知られていないなんて……。法国が放って置かないでしょうに」

――確かに。法国にミアの事が知られたら、奴らはきっと血眼で探し出し、聖女として祀り上げるかもしれない。

そんな事をさせるつもりは絶対無いけどな！

「……実はそれだけで話は終わらないんだ」

「え……まだ何かあるんですか？　もう十分お腹がいっぱいなんですけど！」

俺の言葉にマリウスが怪訝そうな表情をする。初めて〈聖属性〉を目の当たりにしたので、まだ頭の中で整理がつかないのだろう。

「ポーションを出す時、ミアは無詠唱だったんだ……しかも……」

「え？　え？　いや、ちょっと待って下さいよ。そんな事が可能なんですか？」

「……風属性の魔法も使っていた。――もちろん無詠唱で」

「……は？」

マリウスが絶句するのも仕方がない。

無詠唱魔法なんて、昔の伝承でしか聞いた事がない。

研究が一番進んでいる魔導国ですら、解明出来ていないのだ。

「もしかするとあれは、風と土属性の複合魔法だったのかもしれないな。見た事も聞いた事もなかったし」

風の魔法で空に自分の意識を飛ばし、目的のものを発見する。そしてその目的物と自分を結び、土魔法で建造物を避けながら最適化したルートを導き出す……そんな難しい事をあれ程自然に出来るなんて。

「魔法バカの殿下がご存知ない魔法なんて……創造魔法……なんて事は……ないですよね？」

バカとは何だ、バカとは。全く主人に対して失礼な奴だ。

俺は生まれつき魔力の流れや属性を視る事が出来る魔眼を持っていた。

元々魔法には興味があったので、最近では魔眼を活かして魔法を研究する事が俺の趣味となっている。だからミアが複数の属性で魔法を使った事が分かったのだが……。

普通であれば一つ、多くても二つの属性しか持っていない人間がほとんどのこの世界で、ミアは四つの属性魔法を使ってみせたのだ。

帝国の筆頭宮廷魔術師に師事し、たくさんの魔法をこの魔眼で視て来たけれど、ミアが使った魔法は今まで視た事がないものだった。

しかも無詠唱で魔法を使えるなんて、魔法の研究が盛んな魔導国が知れば、躍起になってミアを迎え入れようとするだろう。


「……分からん。ミアの事は分からない事だらけだ」

「確かに……。あの年齢で大商会の会頭とやり合える度胸に、物の価値を計る眼力。それに加え、下手をすると三属性の魔力を持っていて、更に稀有な魔法の才能……と。トドメにあのネックレスと〈聖属性〉……挙げればきりがないですね」

「やはりあれは月輝石だったか」

「……でしょうね。会頭も気付いたようでしたし、間違いないかと」

「あのネックレス、帝国でもなかなか手に入らないよな？」

「加工が難しい月輝石にあんな見事な細工を施していますからね。あのような品、帝国でも滅多にお目にかかれませんよ。一体いくらの値段がつくのか……」

原石だけでかなりの高値がつく月輝石は、王族でも手に入れるのは難しいと聞く。

「あの香水なんて目じゃない程の価値があるよな。ミアは全く気付いてないけど」

「あのネックレスを所持していたミアさんの母親は帝国に縁のある方でしょうか」

確かにその可能性は高いけれど、それでもあのネックレスを所持出来る程の財力がある貴族の数なんてたかが知れている。マリウスの家レベルなら或いは……いや、しかし……。

「物腰や所作から、初めは何処その高位貴族のご令嬢かと思ったが……。そんな令嬢が一人で街に出て来るはずもないし、服装は使用人のそれだったしな」

「彼女は一体何者なのでしょうね？」

「そんな事、俺が知りたいってーの」

ああ、やっぱり無理にでも一緒に連れてくればよかった。ミアの都合も考えてなんとか我慢したけど、失敗だったかな。

ミアが何者でも関係ない。どんな事をしてでも、俺は彼女を手に入れる。

本当は魔法の事など、ただの口実だ。

ミアを手に入れる為に発生する障害を潰すのに、材料は多い程いいからな。

まず、クソ親父や上層部の奴らを黙らせないと。

——もう賽は投げられてしまった。俺も覚悟を決めよう。

ミアの顔を思い浮かべる。さっき別れたばかりなのに、もう逢いたくて仕方がない。

——俺はきっと、ミアに一目惚れしたのだろう。

俺は皇位を狙う叔父上の策略に嵌まり、隙を突かれて拘束されてしまった。

以前から命を狙われていたのは気付いていたので、王国へ来訪するタイミングで襲って来る事は予想出来ていた。十分対策は練っていたはずなのに、どうやら相手が一枚上手だった様だ。

命からがら逃げ出したものの、自分がいる場所も分からず移動しているうちに、魔力の枯渇と予想以上の体の衰弱で、もう駄目だと死を覚悟した。

あの生と死の狭間で、命の灯火が消えていくのを自覚しながら、凍えそうな寒さの中で意識が闇へと飲み込まれそうになったその時……光が見えた、その瞬間。

温かいものに包まれたような——不思議な感覚に陥った。

薄っすら目を開けると、そこには銀色の光を纏った少女がいた。

目が合ったと思ったら、その少女はとても綺麗に微笑んで——

——こんな綺麗な存在がいるのか、と心の底から思った。

銀色の光かと思ったら、それは見事な銀髪だったのだが。

その後ミアから聞いた用事の内容や彼女が流した涙を見て、もしかしてミアはあまりよくない境遇にいるのでは、という事に気付く。

もしミアが辛い状況の中にいるのなら、そんな汚い処から助け出してあげたい。

俺が救われたように、俺も彼女を救ってあげたい。

一刻も早くミアと再会して、もう一度彼女の微笑みが見たい。

その為に俺は何を優先するべきか考え、早々に行動に移す。

——しかしその時の考えは甘かったのだと、俺は後で思い知る事になる。


俺が持ちうる、ありとあらゆる手段を使って探してみても、ミアは一向に見つからない。

もしかしてあの時の出会いは、俺が見た都合のいい夢だったのではないかと思う程だ。

だけどもう、俺はミアを知らなかった頃に戻る事は出来ない。


どれだけ時間が掛かっても、必ず約束を果たすから——どうか俺を忘れないで、と心から願った。

第二章　ぬりかべ令嬢、お茶会に誘われる。

私が物心ついた頃、既にお母様は心臓を患(わずら)っていて、長く生きられないと医師から宣告されていたそうだ。

自分の余命が幾許(いくばく)も無い事を知ったお母様は、自分の持ちうる知識を全て私に伝えんとするかのように、それは厳しく教育を施した。

お母様から教えられたのは語学・算術・幾何学と、護身術。

護身術は勉強の合間の息抜きを兼ねていたのだと思う。

当時は変に思わなかったけれど、護身術を母親自ら教えるのって、かなり変わっているのだと後になってから気が付いた。

でも身体を動かすのは好きだったし、お母様も楽しそうだったから、護身術を教えて貰うのは私の楽しみの一つとなった。

確かにお母様の教育は厳しくあったけれど、私がなんとか頑張れたのは、厳しさの中にもお母様の愛を感じられたからだ。

――私がお母様から知識や教養を引き継いで行けば行く程、お母様は衰弱していく。

いっそ私の教育をやめれば、お母様はもっと長く生きる事が出来たのではないかと数え切れない程思った。

——それでもお母様の望みだったから。

小さい子供には限界があったけれど、五歳から七歳までの二年間、無我夢中で知識と教養を身に着けた私を見届けると、お母様は私に最後の言葉を伝え、眠るように逝ってしまったのだった。

葬儀の時はお父様と一緒にお母様を見送ったけれど、お父様の態度は昔と違いよそよそしくて、最後には私を避けるようになってしまった。

（私がお母様の寿命を削ってしまったから……？）

きっとお父様は私が憎かったのだろう。

お父様とお母様は貴族にしては珍しい恋愛結婚で、お互いに深く深く愛し合っているのが、幼かった私にも分かる程だったのに……。

だから、以前は溺愛と言ってもいいくらい私を可愛がってくれたお父様も、その頃には領地から王都に帰って来る頻度がめっきり少なくなっていた。

お母様がまだ元気だった頃のお父様は、夜になると私を寝かしつける為に、毎日絵本を読んでくれたのをよく憶えている。

私が好きだったお話はお伽噺や冒険譚で、一冊読み終わる度にお父様は絵本を買ってきては臨場感たっぷりに、とても上手に絵本を読んでくれたのだ。

そうして私が眠りに就く時には決まって「ミア、愛しているよ。おやすみ」と言って、おやすみのあいさつとキスをしてくれていた。

子供の目にも綺麗で格好いいお父様は私の自慢で、優しいお父様が私は大好きだったのだ。

——そんなお父様が変わってしまったのは何時からだっただろう……？

私の姿を見かけると、満面の笑みを浮かべて抱き上げて、頬ずりしてくれていたお父様の表情が、次第に悲しそうな、泣きそうな顔に変わっていったのは、私の頭を優しく撫でる、大きな手の温もりが失われてしまったのは、一体どうしてなのか——。


結局その答えは見つからないままに時は流れ、お母様の死から一年も経たない頃に、お父様は義母と義妹を連れて帰って来た。

「今日からお前の家族となる者達だ。仲よくしなさい」

久しぶりに聞いたお父様の声は、とても硬く、まるで感情が抜け落ちたようだった。

結局、お父様は私に一瞥もくれる事なく、足早に領地へと引き上げてしまった。

——それからお父様とは何年も会っていない。

『——ミア、よく聞いてね。これから先、あなたにとって、とてもつらい事が起こるの……でも絶対絶望しちゃダメよ。さらに未来、あなたはとても素敵な人と出会えるわ……だからそれまで辛いだろうけど、一生懸命生きてちょうだい——お母様最後のお願いよ』

　それが、今にも息を引き取りそうな瞬間、残った力を振り絞るかのように、私へ伝えられたお母様最後の言葉。

　使用人のように扱われ、貴族令嬢としての誇りも思い出の品も、何もかもを取り上げられた私が、未だ絶望せずにいられるのはきっと……ハルとの思い出と、今は亡きお母様の言葉があったからだ。

　繰り返し思い出す、ハルの魔法みたいな明るい笑顔に、どれだけ救われただろう。

　もう一度ハルと逢える夢が叶う、そんな夢を見続ける。何度も何度も——。

　——そして私はいつも泣きながら目を覚ますのだ。たった一人で。


　でも今日はいつもと違い、珍しくいい気分で目覚める事が出来た。

　久しぶりにハルと出逢った当時の夢を見たからだろうか。

　昨日は晩餐会があってとても疲れているはずなのに……慣れというのは恐ろしく、いつも通り私は日が昇り切る前に目を覚ましていた。

　悲しいかな、使用人として働くうちに図太い神経と体力がついてしまったのかもしれない……まあ、いい事なのだけど。

　今の私を見たら、ハルは幻滅してしまうかも。

　貴族令嬢だったのに、すっかり使用人が板について来た。今ではこちらの方がしっくり来る。

働きはじめた頃は酷かった手荒れが、今では全く荒れなくなったのは嬉しかった。

きっと、身体が貴族令嬢のそれから使用人仕様に鍛えられたのかもしれない。

それぐらいこの八年間は長かった。

——あの日から結局、ハルとは会えないままで、未だ約束は果たせないでいる。

それでもいつか必ず会えるからと自分に言い聞かせ、変わらない日々を過ごす。

お母様が言う「素敵な人」がハルだったらいいな、なんて都合のいい事を考えながら。


身支度を整えてから厨房へ行き、火を熾す。朝食の準備をしているうちに使用人達が起きて来た。

「お嬢！　そんな事しなくていいから！　今日ぐらいはゆっくり休んどけ！」

昔からこの屋敷に仕えてくれている、料理長のデニスさんが私の姿を見て声を上げる。

デニスさんはまだ若いのに料理の腕がとてもいいので、我が家で開く晩餐会は毎回大好評だ。

そんな彼が作れば、まかない料理でも高級料理店並みに美味しいのだ。

「おはよう、デニスさん。私なら大丈夫だよ。今日はとても気分がいいの」

「……だがなぁ、昨日も夜遅くまで起きてたんじゃねぇのか？　お嬢が言い難いなら、俺が奥様に掛け合うぜ？」

お義母様は何故かデニスさんには強く言えないらしく、彼は時々こうやって私の事を気遣ってくれる。

「ありがとう。でも本当に大丈夫だよ。自分でも不思議だけど、今日は体を動かしたい気分なの」

「お嬢がそう言うなら……」

デニスさんは渋々だけど、私の言葉に従ってくれた。

そして朝食の準備を済ませ、ダイニングで配膳を済ます。

しばらく待機していると、お義母様とグリンダがのんびりと部屋に入って来て、食事の席に着く。

トーストやクロワッサン、マフィンなどの焼きたてパンにチーズがたっぷり入ったふわふわのオムレツ、手作りポークソーセージにベーコン、鮮度抜群の素材で出来たサラダ、豊富な種類を取り揃えたジュースに季節のフルーツ……からのクリームたっぷりのパンケーキ。

これらの十人分はありそうな量の料理が瞬く間に平らげられていく。

……毎朝見ている光景だから既に慣れっこだけれど。

あの料理は何処へ行くのかと思うぐらいにお義母様とグリンダはよく食べるけれど、それでも体型は細いから不思議なんだよね。

お義母様とグリンダが食事を終える頃、執事のエルマーさんが手紙を持って部屋に入って来た。

「奥様、王宮からの手紙でございます」

それを聞いたお義母様とグリンダの目が期待に輝く。

「まあ！　もしかして、もう結婚の申し込み⁉」

「お母様！　なんて書いてあるの？　早く読んで！」

お義母様が封蝋で閉じられた手紙を開封し、忙しなく読んでいく。

「……あら。お茶会のお誘いだわ」

「マティアス様との⁉　私行きたい！　いつ開催されるの⁉」

「ちょっと急だけど、明日だそうよ」

「まあ！　そうとなったら早速準備しなくっちゃ！」

グリンダは慌てて立ち上がると、私を見て、横柄な態度で命令した。

「今から湯浴みするから準備して。それから全身くまなくマッサージよ。その後はドレスとアクセサリーのチェック、靴もちゃんと磨いてちょうだい」

「……待って、グリンダ。明日のお茶会にはユーフェミアも招待されているわ」

「なんですって⁉」

「まあまあ、落ち着きなさいな。優先順位に変更はないわ。ユーフェミア、貴女はグリンダを磨き上げた後に準備なさい」

お義母様の言葉を聞いたグリンダがほくそ笑む。

「精々私を引き立ててよね。あんたはそれぐらいしか役に立たないんだから」

私は表情を崩さず、抑揚のない声で答えた。

「畏まりました」

少しでも感情を表すと、面白がったお義母様やグリンダからもっと罵詈雑言（ばりぞうごん）が飛んで来るので、二人の前ではずっと無表情で過ごすようにしている。そんな私をグリンダは面白くなさそうな顔をして睨んだ後、「ふん！」と鼻を鳴らして部屋から出て行った。

私は食器を片付けてダイニングルームを掃除した後、お義母様から言われた通りの作業を黙々とこなしていく。

浴槽に魔法でお湯を張り、グリンダの好みの湯温に調整する。

熱めでもぬるめでも文句を言われ、初めの頃はよく怒られたっけ。

お湯が溜まったら冷めない内にグリンダを呼びに行く。

「湯浴みの準備が整いました」

「遅いわね！　いつまで待たせるのよ！」

「申し訳ありません」

グリンダの身体を洗った後は髪の毛を丁寧に洗い上げる。

少しでも引っ張るような事をしてしまうと水を掛けられてしまうので注意しないといけない。

グリンダの髪は長くて絡まりやすいから扱いが大変だ。

湯浴みが終わった後は身体をマッサージする。これが全身となるとかなり重労働なのだ。

しかも以前、手が冷たかったという理由で、物を投げられたり怒鳴られたりした事があったので、魔力を通して手を温める。

──後で知ったのだけど、これは火の魔法の応用だったらしい。

温めた手でマッサージしていくと、黄色い靄みたいなものがグリンダの身体から立ち昇り、粒子となって消えていく。

（この霞のようなものは何だろう……？）

舞踏会やお茶会の後は暗い青色の霞も出て来るので、何か条件があるのかもしれない。

まあ、グリンダに害は無いようだし、余り気にしなくても大丈夫だろう。

身体のマッサージの後は髪の毛を香油で梳いていく。

実はこのマッサージオイルや香油は私のお手製で、庭の一区画を借りて栽培したハーブをブレンドして作っている。庭師のエドさんにこっそり協力して貰っているのだ。

ハンスさんから香水の話を聞いて興味が湧いた私は、屋敷の図書室に所蔵されている本を借りて独学で勉強したのだ。

そうしてグリンダの手入れが終わる頃には、すっかり日が暮れていた。しかしこの後もまだまだ仕事は終わらない。

次はお義母様の全身マッサージだ。今日は何時に寝られるだろう。日付が変わるまでに寝られたらいいな。

──そして翌日、光り輝かんばかりのグリンダと、くたびれた顔に白粉を塗り込められた私は、いつものように別々の馬車で王宮へ向かうのだった。

夜に見た幻想的な雰囲気とは違い、太陽の光を受けた王宮は、おとぎ話に出て来る白亜のお城そのままだ。

美しいその佇まいから、別名「白雪城」と呼ばれている……らしい。

昼の王宮に初めて訪れた私は、豪華絢爛な回廊を抜け、中庭のバラ園に案内された。

丁度季節だったのか、バラの花は満開で、華やかで美しく優雅に咲き誇る姿や、優美な甘い香りを楽しめた。

庭園に置かれたテーブルには、小花柄の愛らしい食器や、銀器が美しくセッティングされている。

三段トレーの上には旬のイチジクを使ったショートケーキに、芳醇な香りのモンブランのタルト、パンナコッタとブドウのミニパフェなど、季節の果実を贅沢に使ったスイーツがたくさん用意されていた。

そしてセイボリーにはキノコのキッシュ、アボカドとチーズをのせて焼き上げたワッフルをはじめ、クロワッサンにブリアンゼッタハムとキュウリを挟んだオープンサンドが。

——王宮料理人の本気を見ましたわ。流石オーラが違います。

グリンダと椅子に座って待っていると、マティアス王子が側近と近衛を連れて現れた。

私とグリンダは席を立ち、優雅に見えるようカーテシーをする。

「本日は義姉共々お招き頂きありがとうございます、殿下」

「ありがとうございます」

義姉である私を差し置いて、グリンダが殿下に挨拶をする。

……いつも通りなのでもう慣れっこだけど。

「ああ、そう畏まらなくていいよ。今日はプライベートなお茶会だからね」

グリンダに爽やかな笑みを浮かべる殿下に、頬を染めて熱い眼差しを向けるグリンダ。

――そして始まったお茶会は、二人の世界へと突入していった。


果たして私は参加する意味があるのか、と思いながら美味しいお菓子とお茶を頂く。

いつもだったらお菓子に目がないグリンダも、殿下に夢中のようで未だ手を付けずにいる。

これは帰ったら夜食を用意しなきゃいけないかも……と、私が考えている間に、二人は庭園の奥の方へ行ってしまった。

(……ええ～……)

一人取り残され、どうしたものかと思っていると、殿下の側近の一人――宰相閣下のご子息であるエリーアス様が声を掛けて来た。

次期宰相として期待されている有能な方……らしい。

「こうしてお会いするのは初めてですね、ユーフェミア侯爵令嬢。王宮のお菓子はお気に召されませんでしたか？」

「――いいえ？　大変美味しゅうございます。さすが王宮の料理人ですわ」

いつもデニスさんのお料理を食べているので、久しぶりに違う人が作ったお料理を食べると何だか新鮮な気分になる。

このお料理も本当に美味しいけれど、正直デニスさんのお料理の方がもっと完成度が高い気がする。いつも適当に作っているように見えるのに不思議だなぁ。

私なりに賛辞を贈ったつもりだったけど、エリーアス様は何故か困ったような苦笑いをしている。

「それならいいのですが――失礼、貴女を見ていると、とても美味しそうには見えなくて……ご不満なのかと気になったのですよ」

白粉で塗り固められた顔で笑ったら、ひび割れを起こすので、口以外を動かす事が出来ないのですよ……なんて。

そんな説明をエリーアス様に出来る訳ないよね。

「ご心配をお掛けして申し訳ありません。私、このようなお茶会にお招き頂くのが初めてですの。きっと緊張してしまったのですわ」

嘘と本当を混ぜた言い訳を考える。お茶会に行った事はないけれど、緊張はしていないのです。

「そう言えば公の場で余りお会いした事がありませんね」

「……はい、社交界は正直苦手ですので」

実際は参加するもしないもお義母様とグリンダの気分次第なのだけれど、苦手なのは本当だ。

「おや、それはそれは。まあ、魑魅魍魎が跋扈する社交界ですからね。貴女のような方なら敬遠するのも無理はありませんね」

貴族達の思惑が渦巻く社交界は、腹の探り合いが常の戦場のようなもの。

情報収集の場でもある社交界で、私がどう噂されているかエリーアス様もご存知でしょうに。

（もしかして何か探りを入れられている？）

発言に注意しながら、エリーアス様と差し支えない世間話をしていると、じっと顔を見つめられているのに気が付いた。

（……もしかして白粉が取れて来たのかな？）

「何か……？」

気になる事があるなら教えてほしくて、エリーアス様に問いかける。

「……いえ、とても見事な銀髪でしたので、つい見とれてしまいました」

「……はあ。……ありがとうございます？」

（エリーアス様でもお世辞を仰るんだ）

普段は眼鏡を掛けていらっしゃるからか、クールな印象だったので意外だった。

「少しお伺いしたいのですが、ウォード侯爵の屋敷で、貴女のような銀の髪と紫の瞳の使用人はいらっしゃいますか？」

「銀髪の……？　そうですわねぇ……」

エリーアス様は銀髪の女性がお好みなのかな？　貴族の令嬢で該当する方は何人かいらっしゃる

けれど。

「銀髪はおりませんわ。紫の瞳なら二名程おりますが、髪の色はこげ茶色と赤茶ですわね」

その内の一人はお孫さんがいるけれど。年齢は関係ないのかな？

「以前勤めていたという事は……？」

「記憶にございませんわ」

「……そうですか。教えて頂きありがとうございます」

エリーアス様は少し残念そうに微笑んだ。

（……もしかしてエリーアス様の大切な方だったりするのかな？）

殿下とはまた違ったタイプの美形であるエリーアス様は、やはり年頃のお嬢様達にはとてもモテていらっしゃるそうだ。

「お役に立てず申し訳ありません」

「いえ、こちらこそ。不躾な質問をして申し訳ありませんでした」

お互い謝り合うのが面白くてついクスッと笑ってしまった。

……とは言っても私は口の端を少し上に上げるのがやっとだけれど。

そんな私を面白そうに眺めてエリーアス様も微笑む。まあ、眼福ですわ。

「これはまだ正式ではありませんが、約一ヶ月後に殿下の王太子任命と婚約者を発表する場が設けられる予定なのですよ」

……これは……今現在、婚約者選定に入っていて、グリンダが候補になったという事だよね。

殿下の様子もまんざらではないみたいだし、彼女が選ばれる可能性が高いのかな……？

「これも非公式ですけどね、その時帝国から使者がお越しになる予定なのです」

「……帝国から……」

帝国と聞いて、ついハルを思い出してドキッとした。

白粉のおかげで表情には出なかったけれど……。

「貴女にも招待状が届くと思いますので、是非ご参加下さいね」

（えぇぇ～～!?）

社交界は苦手ってさっき言ったよね？　なのに参加しろってこの人酷くない？　まさか天然？

どちらにしても出席は強制だろうけれど、出来れば行きたくないと心から思う。

どう返事しようか考えていると、エリーアス様がにっこり微笑んだ。

「次回お会いした暁には、私とダンスを踊って下さいね」

（いやいやいや！　無理無理！　絶対無理!!）

それは何かの罰ゲームでしょうか？

さっきからこの人、私が嫌がる事ばかり言ってくるような……嫌がらせ？　……と思ったその時、
私は理解した。

――あ、こういう人の事を「鬼畜眼鏡」って言うんだわ、と。

人が嫌がる表情がお好きという特殊なご趣味でしたっけ？　ん？　どうだったっけ？

とにかく、この方は関わっちゃいけない人種だったようだ。

年頃のかわいい使用人であるマリアンヌに教わっていて助かった。ありがとうマリアンヌ。

「ほほほ。エリーアス様とダンスなんて恐れ多いですわ。婚約者の方に申し訳ありませんし、そのお気持ちだけで十分ですわ」

本当はそんな気持ちも遠慮させて頂きたい。

エリーアス様に婚約者がいないのは知っているけれど、ここは知らないふりをしておこう。

「ははは。残念ながら私はまだ婚約者が決まっていませんから、お気遣いは無用ですよ」

「まあ。ですが私、恥ずかしながらダンスに不慣れなものでして。エリーアス様のお御足(みあし)を踏んでお怪我させてしまいますわ」

そりゃもうザックリと。全体重を載せますよ?

「おや。怪我の心配をして下さるとは優しい方ですね。女性に踏まれた程度で怪我する程私の体は柔(やわ)ではありませんよ」

「そうなのですね。でも、エリーアス様は細身でいらっしゃいますし、慣れていない私と踊ると疲れさせてしまいますわ」

次の日は全身筋肉痛になりますよ?

「これでも一応鍛えていますからね。体力はある方だと自負しています」

「まあ、それは頼もしい。私は体力が全くありませんの。楽しくダンスを踊れる方が羨(うらや)ましいですわ」

ダンスは疲れるし、楽しくないので別の方を誘って下さいね。

「お疲れになられたら支えて差し上げますので、どうぞご安心下さい」

（いやー！　やーめーてー！　これ以上悪目立ちさせないでくれませんか⁉）

お互い一歩も譲らず、笑っていない目で微笑み合う。

そんな私達を他の側近達はビクビクして眺めていたけれど。

見ていないで助けて欲しい……って、無理ですよね。分かります。

エリーアス様とよく分からない攻防を繰り広げていると、殿下とグリンダが戻って来た。


――グリンダを見て安心したのは今日が初めてかもしれない。


「いやあ、ユーフェミア嬢には待たせてしまって申し訳なかったね。しかしエリーアスと随分打ち解けていたように見えたけれど、気が合ったのならよかったよ」

殿下が自分の失態を誤魔化すように話題を変える……嫌な方向に。

しかし何処をどう見たらそう思えるのだろう。この王子の目は節穴なのかな？

「……まあ、ご冗談を。打ち解けるだなんてとんでもない。令嬢達憧（あこが）れのエリーアス様とご一緒させて頂いて、もう胸がいっぱいで……ずっと緊張しっぱなしですのよ」

（……だから早く帰らせてくれませんか？）

何とかこの話題を終わらせて、一刻も早くこの場から帰りたいと願った私を嘲笑うかのように、エリーアス様が追い討ちをかけて来た。

「そうなんですよ、殿下。ユーフェミア嬢とは随分話し込んでしまいまして。先程も次回の夜会でダンスをご一緒する約束をさせて頂いたところなのです」

(ちょっと待って！　ダンスの約束なんてした覚えはありませんが⁉　寧ろさっきから断ってますよね⁉)

エリーアス様の言葉がとても意外だったのか、マティアス殿下が驚いた表情をする。

「君がそんな事を言うなんて初めてだね。ふふっ、ユーフェミア嬢、エリーアスを頼んだよ」

マティアス殿下がキラキラとした目で私に無理難題を言ってくる。

(え？　頼むって？　エリーアス様を？　冗談ですよね？)

私はぎぎぎ、という音が聞こえそうな動きでエリーアス様を見る。

怨みがましい私の目を見て、にっこりとエリーアス様が微笑む。

——なるほど、確信犯か。中々了承しない私への嫌がらせですね。やっぱり鬼畜眼鏡に関わってはいけなかったのだ。今後の為にも肝に銘じておこう。

私はしばらく夜会には絶対参加するもんか！　と強く心に誓い、拷問のようなお茶会はお開きになったのでした。

——そしてぐったりしながら屋敷に戻った後、予想通り私はグリンダに大量の夜食を作れと命じられたのだった。

ナゼール王国執務室にて（エリーアス視点）

父の跡を継ぎ、次期宰相に内定している私はマティアス殿下と共に、未来の王妃を選定する為のお茶会に参加を余儀なくされていた。正直、そんな時間があれば溜まっている書類を片付けたいと思っていた私だったが、ウォード侯爵家のユーフェミア嬢との邂逅は思いがけない刺激となった。

自分でも珍しく、楽しいと感じたお茶会がお開きになった後、殿下達と一緒に執務室へと戻る。

「殿下、グリンダ嬢とは如何でしたか？」

私は殿下に今日の手応えを聞く。

「ああ、噂に違わず美しく、思いやりのある女性だったよ。ウォード侯爵の継子との事だけど、何も問題ないいんじゃないかな」

（思いやり……？　義姉であるユーフェミア嬢を差し置いて挨拶していたようだが……）

「本当に美しい令嬢でしたね。殿下ともよくお似合いでしたよ」

書記官のアルベルトが、グリンダ嬢の顔を思い出して言う。

（確かに美しいとは思ったが……そんなに絶賛する程だろうか？）

「では、グリンダ嬢を正式な婚約者に……!?」

殿下のお相手がなかなか決まらずやきもきしていた事務官のカールが食い気味に問いかける。

「待て待て。何も今すぐ決めなくてもいいだろう。二人とも落ち着け」

暴走気味の二人を冷静にさせるべく嗜める。

「……そうだな。決めるにはまだ時期尚早かな。お互いゆっくり話したのは今日が初めてだしね」

「ユーフェミア嬢も候補に挙がっていましたが、彼女の事はよろしいのですか？」

彼女は四属性の魔力持ちという希少性と、侯爵家という爵位から候補に選ばれたと聞いている。

「でも、殿下の希望で候補に挙がった訳ではないですし……」

「そうです。元老院の考えは古いし時代錯誤です。同じ侯爵家の出ならグリンダ嬢でも問題ないと思います」

どうやらアルベルトはグリンダ嬢推しらしい。カールは口うるさい元老院が嫌いだからな。

「……まあ、僕としても伴侶は自分で選びたいかな」

殿下も優秀な血筋というだけで、勝手に将来の伴侶を決められるのはごめんなのだろう。

「では、これからは定期的にグリンダ嬢を王宮へ招待されるのですね？」

何となく気になるところはあるものの、殿下の気持ちも分かるのでこのまま話を進める事にする。

——何回か会ううちに、グリンダ嬢の人間性も分かってくるだろう。

「ああ、そのように手配を頼むよ」

「畏まりました」

私はこれから暫く忙しくなるな、と頭の中で予定を組み立てる。

「帝国からの使者を迎え入れる準備もあるのでしょう？　……僕倒れそう……大丈夫かな……」

アルベルトが心配しているが、彼は華奢な体格をしていても神経が結構図太いので大丈夫だろう。

「そう言えば例の件、何か進捗はあったのかな？」

「その件ですが、未だ該当者は発見出来ておりません」

殿下が言う例の件とは、私が先程のお茶会でユーフェミア嬢にした質問の、銀の髪と紫の瞳を持つ使用人らしい少女の事だ。帝国からは該当の人物を見つけ次第、保護するように要請されている。

その意図は不明だが、王都中の貴族や商人を調べているものの、今のところ手掛かりは全くと言っていい程見つかっていない。

「捜索場所を、王都から各領地へ広げる必要がありますね」

カールがやれやれと言った調子でため息をつく。

「でもわざわざ帝国から使者が送られて来るなんて……。余程重要な人間なのでしょうか？」

「……分からない。しかし帝国の上層部……若しくは皇族が関わっている可能性は考えておいた方がいいだろうな」

アルベルトの疑問に、ある程度予測していた考えを答えると、周りが息を呑んだ。

超大国である帝国の機嫌を損なうと王国はたちまち立ち行かなくなってしまう。だから帝国が探し求めているという人物を見つける為に、我々は国を挙げて大捜索をする必要があるのだ。

「でも銀髪って平民にもいますけど結構珍しいですよね？　それなのに手掛かりが全く無いなんて」

カールが不思議そうに呟く。

「成長に伴い、髪色が変わる事例もあるからな」

「ええ⁉　もしそうだとすればお手上げじゃないですか！」

アルベルトが悲鳴に近い声を上げる。

「そうなると、銀髪という条件ではなく、それに近い色の髪と紫の瞳で捜索しないといけないね」

殿下が両手を組んでため息混じりに言った。

これからの事を考えると頭が痛いのだろう。

「銀髪と紫の瞳といえば、今日いらしたユーフェミア嬢もそうでしたよね」

「確かに色合いだけ見ればそうだけど、さすがに侯爵令嬢と使用人では身分差があり過ぎるだろう」

私はカールとアルベルトが色々と考察しているのを眺める。

（ユーフェミア嬢か……）

今日会った令嬢の事を思い出していると、こちらを見た殿下がニヤリと笑みを浮かべる。

「……で、ユーフェミア嬢はどうだった？　君にしては珍しく気に入っていたみたいだけど？」

殿下の言葉にアルベルトとカールが食いついた。

「そうですよ殿下！　僕、令嬢に微笑みかけるエリーアス様なんて初めて見ましたよ！」

「自らダンスに誘うなんて、俺も驚きました」

いつもの私であれば絶対にしないダンスの誘いに、聞いていた人間はかなり驚いたらしい。

「そうだよね……。僕も本当に驚いたよ。ダンス嫌いの君がわざわざ誘うなんて。そんなに彼女が気に入ったのかい？」

殿下も興味津々らしく、珍しく話に乗って来たので、仕方なく答える事にする。

「……確かに珍しい令嬢でしたね。私に怯む事なく話していましたし」

どうやら私は他の令嬢から恐れられているらしいから、ユーフェミア嬢の反応は新鮮だった。

「でも彼女、エリーアス様と舌戦を展開していませんでした？」

「俺、あんな殺伐としたお茶会初めて見ましたよ……」

「笑顔のはずなのに、お互い目が笑っていませんでしたよね」

そんなに酷かっただろうか。自分では普通に会話していたつもりだったのだが。

「まだ秋のはずなのに、まるで吹雪の中にいる心境になりましたし」

「それに僕、エリーアス様の微笑みに無反応な令嬢なんて初めてお会いしました」

「普通の令嬢なら頬を染めるのはもちろん、下手すると腰を抜かすか失神しますけどね」

何だかえらい言われようだ。

「……それは流石に言い過ぎだろう」

大袈裟な二人に反論しようとすると何故か睨まれた。

「無自覚ですね……」

「あれで無自覚か……」

何やら二人が呟いているが聞こえない。

「しかしユーフェミア嬢か……いや、君とは家格的に釣り合ってはいるけれど……その……ねぇ」

殿下が何やら気まずそうに言う。

「まあ……何というか無機質な感じですよね。作り物めいたというか」

「どうしてもグリンダ嬢と比較されてしまいますよね。お可哀想に」

三人ともユーフェミア嬢の容姿がネックの様だ。

しかし私から見ると、何故そこまで言われるのか分からない。

寧ろ顔の造作はとてもいいのではないかと思う。

あの不自然な白粉をどうにかすれば、美しく変身しそうなのに……。

あの化粧には何か理由でもあるのだろうか。

「……まあ、私としては彼女ともっと親睦を深めたいとは思っていますがね」

「「「はあ⁉」」」

私の言葉が意外だったのか、部屋の空気が固まった。

「……！　まさか……『冬帝』や『氷雪の貴公子』と称されるエリーアス様が……⁉」

「令嬢に興味を持った……だと⁉」

そんなに驚く事だろうか？　私も健康な成人男性のはずなのだが。

「エリーアス、不思議そうな顔をしているけどね、正直君は女性に興味が無いと思っていたよ」

「普段は優秀過ぎるくらいなのに、女性の機微には疎いですからね……あれだけ秋波を送られているっていうのに気付かないとか」

「実は男色なのではないかと一部の令嬢が盛り上がっていましたよ」

……ちょっと待て。

玉の輿大作戦（グリンダ視点）

ナゼール王国の社交界で、「ウォード侯爵家の麗しい令嬢」と言えば、誰もが私の事を思い浮かべるわ。もう誰もユーフェミア――お義姉様の事だと思わないでしょうね。

以前はお義姉様がマティアス殿下の筆頭婚約者候補だったみたいだけれど、その地位も今はすっかり私のものになったのよ。こんなに美しい私なのだから当たり前の話よね。

先日、マティアス殿下からお茶会に招待されてから、定期的に王宮へ招待される機会が増え、私は有頂天（うちょうてん）になっていたの。

これはきっと殿下の婚約者候補を見極める為のお茶会なのだわ。

――私は玉の輿に乗れるかどうかの、この機会を絶対に逃すわけにはいかない。

だから私は登城する時は思いっきり粧（めか）し込んで、顔に極上の笑顔を貼り付けるの。

そうそう、キラキラのエフェクトも忘れないようにしなくっちゃ。

私はこの国の貴族の中ではちょっと珍しい光属性の魔力持ちだったの。

――光属性なんて、私の為の魔法よね！

私が大量の魔力を利用し、夜会の間中さりげなくエフェクトを発動させて、美しく見えるように演出しているのは内緒。

ふんわりと微笑みを浮かべては溢れるように、ダンスを踊る時は零れるように。

多種多様なエフェクトと、お母様譲りの自慢の美貌との相乗効果は抜群よ。

その結果、貴族の令息達はすっかり私に夢中になっているわ。

争うように愛を囁いたり、高価なプレゼントを贈って来たり。

私の寵愛を得ようと気位の高い貴族が必死になる様は滑稽だわ。

──でも私はその様子を眺めるのがたまらなく好き。

前回の晩餐会で、殿下にダンスを誘われた時は、チャンスとばかりに持ちうる全てのノウハウと経験を活かして、全力で殿下を堕としにかかったの。

──効果覿面だったわ。

その甲斐あって、こうやってお茶会に呼んでくれるようになったんだから、意外と殿下もチョロかったのね。

初めてお茶会に招待された時は、引き立て役でユーフェミアも一緒だったけど、殿下は既に私に夢中のようだったし、邪魔だったから今は屋敷で留守番をさせているわ。

流石のユーフェミアも今頃は悔しい思いをしているでしょうね。

私がこのまま殿下の婚約者になったなら、あの澄ました顔が屈辱でぐちゃぐちゃになるところが見られるかもしれないわね。

──ああ、楽しみ！

とにかくあの子、初めて会った時から気に入らなかったのよね。

初めてユーフェミアを見た時の悔しさったら！

流れるような銀の髪に、紫水晶の澄んだ瞳。小さい顔は透き通るような白い肌で、ピンクのほっぺにバラ色のくちびる……。

周りの人間から可愛い、お人形さんみたいと褒め称えられ、「私より可愛い子なんていない」と自負していた私のプライドはズタズタに引き裂かれたわ。

――私より美しいなんて許せない‼

だけど、私が受けた屈辱はそれだけじゃなかったの――。


この国では、その年八歳になる子供は魔力測定を受ける事になっている。

もちろん、私とユーフェミアも一緒に受ける事になったわ。

結果、私は光属性だけだったけど、魔力量はかなり多いと判定されてとても鼻が高かったわ。

でも、一人一属性、多くて二属性と言われている中、ユーフェミアは魔力量こそ普通だったものの、四属性も持っていたの。

周囲が感嘆する中、驕る事なく凛としているその姿に、私はすごく惨めな気分にさせられた。

そして魔力測定後、早速王家からユーフェミアに婚約の打診があったと聞いた時は耳を疑ったわ。

私の方が魔力量は多いのに！　四属性だからって魔力量が少ないユーフェミアが、殿下の婚約者候補だなんて冗談じゃない！

だから私はユーフェミアを使用人同様に扱い、元の顔が分からなくなるぐらい白粉を塗りたくってやるの。

――侯爵家令嬢としての尊厳を奪い、私が受けた屈辱を百倍返ししてやる為にね！

今のところその復讐は上手くいっていて、社交界でのユーフェミアの評判は散々みたい。

下手するとあの女、結婚出来ないかもしれないわ。――いい気味！


私も初めはイケメンの高位貴族と玉の輿、なんて思っていたけれど、最近は本気で殿下と結婚したいと思うようになったわ。

お茶会の参加者は私と殿下の二人だけれど、殿下付きの側近も側に控えているものだから、ある意味逆ハーレム状態なのよね。


――容姿端麗（ようしたんれい）、才色兼備なマティアス殿下。

民（たみ）から絶大な人気を誇り、国中の女性の誰もが憧れる王子様。柔らかな物腰で誰にでも優しく、仕草の全てが気品に溢れているの。

――殿下に負けず劣らず人気がある美貌の宰相候補、エリーアス様。

普段はクールな印象の彼が微笑むと、少し幼く柔らかい感じになるから、そのギャップにやられる令嬢が続出しているらしいの。

エリーアス様は微笑みだけで令嬢を腰砕けにすると噂には聞いていたけれど、眉唾（まゆつば）ものだと思っていたわ。まさか噂が本当だったなんて……。

遠目で見ただけで腰を抜かしかけたもの。椅子に座っていてよかったわ。……まあ、しばらくは立てなかったけど。

——そして可愛いと人気の書記官、アルベルト様。

目が大きく童顔で、とても年上とは思えない。天真爛漫(てんしんらんまん)なアルベルト様は思わず守ってあげたくなる愛らしさをお持ちなの。

——文官なのにたくましい身体の事務官、カール様。

がっしりとした体型に男らしい顔つきで、とても包容力がありそうな雰囲気を持っている美形なの。一度あの腕に抱かれてダンスを踊ってみたいわ。

そんなタイプの違うイケメン四人に囲まれて開催されるお茶会は私の至福の時間なの。

こんな状況、普通の貴族と結婚したら不可能よね？

しかも三人とも、私に気があるんじゃないかしら？

エリーアス様は私の事をじっと見つめてくるし、アルベルト様は私の話を一生懸命聞いてくれるし、カール様は目が合うとすぐ逸(そ)らしてしまうのよ。見た目と違って照れ屋さんなのね。

——マティアス殿下と結婚したら、毎日こんな時間が過ごせるのかと思うと胸が高鳴るわ。

これは何がなんでも結婚に漕ぎ着けなくちゃ。ああ、その前に婚約者に選ばれないとね。

その為には、どんな手段も厭(いと)わないつもり。

……でもある時、エリーアス様が私にユーフェミアの事を聞いて来たの。

私がお茶会に参加している時でも、職務関係以外であの美声を聞いた事なんてなかったのに！

それなのに、どうしてユーフェミアを気にかけるような事……。

——あ！　もしかして……！

ユーフェミアを口実に私とお話ししたいのかしら。

エリーアス様があんなぬりかべ女に興味を持つなんて事、ある訳ないもの。

……きっとそうよね！　マティアス様の手前、私とお話しなんて出来ないから……。

いいわ、エリーアス様の為に、ユーフェミアの事をたっぷりと教えて差しあげましょう。

——曰く、
お義姉様は私が話しかけても無表情で、にこりとも笑ってくださらないの。

返事をしても一言だけで、とても素っ気ないの。

食事も一緒に摂って下さらないのよ。

私のドレスや靴を持って行っちゃうの。

馬車も別々で、一緒に乗ってくれないの。

身体をひねられたり、髪を引っ張られた事だってあるわ。

——なんてね。

ついでに涙目の上目遣いで、儚げなエフェクト付きで演出するのも忘れない。

ちょっと大げさに言っちゃったかもしれないけれど、嘘じゃないもの。

……まあ、本当の事も言っていないけれど。

私の予想通り、エリーアス様だけでなく、殿下もアルベルト様もカール様も眉をひそめていたわ。

ふふ、これでユーフェミアは嫌われ者ね。


——ざまあみろ。


辛い告白をして、悲しみに打ち拉(ひし)がれて見えるように、俯きながら嘘泣きしていると、殿下が私の前でそっと跪(ひざまず)いた。

そしてわざと震えさせている私の手を、彼の大きな手が包み込む。

「……可哀想に……今まで辛かったんだね。それなのにいつも笑顔でいた君を僕はとても尊敬するよ。本当によく頑張ったね」

「……っ!」

——殿下からかけられた言葉に、俯いていた顔を上げて目を見張る。

目に映ったのは、今まで見た事がないぐらい優しく微笑んでいる殿下の顔で。

……どうして……!?

——どうしてその顔を見ると、切り裂かれたかのように胸が痛むの——?

私は自分の心の変化に気付かないように目を伏せた。

第三章　ぬりかべ令嬢、舞踏会で不審者と出会う。

王宮でのお茶会からしばらく、何度か夜会の招待状が届いたけれど、私は頑なに出席を拒否し続けていた。

――全ては鬼畜眼鏡・エリーアス様と出くわさない為に！

出会ったら最後、ダンスをご一緒する羽目になるなんて、嫌がらせ以外の何物でもない。

ご本人は社交辞令のつもりで本気じゃなかったかもしれないけれど。

自意識過剰かなと思いつつ、目立ちたくない私にとって、どちらにせよエリーアス様は会いたくない人物筆頭なのは間違いない。

それでも中にはどうしても出席しなければならない夜会もあるので、その時はこっそり会場入りをして、目立たないように細心の注意を払っている。

そんな事を繰り返しているからか、段々気配の消し方が上達していったような気がするけれど。

そして私が社交界から逃げ回る事しばらく……。

ついに今日、殿下の王太子任命と婚約発表の場を兼ねた舞踏会が開催される。

その準備の為朝から怒涛の忙しさで、私は屋敷中を走り回っていた。

グリンダは今回の舞踏会では主役になるので、彼女の魅力を最大限に引き出すデザインのドレスを用意しなければならない。これが結構責任重大なのだ。

衣装部屋の中には、予(あらかじ)め仕立て上げられた色とりどりのドレスが並んでいて、どれも素敵だから選ぶだけで時間が掛かってしまいそう。

悩みに悩んだ結果、私が選んだのは腰の細さを強調するような、ふんわりと大きいシルエットのホルターネックタイプのドレスだ。

最上級のシルクやチュール、レースがたっぷり使われており、更に所々パールで煌めきが添えられているから、とっても華やかで綺麗。

いつも口うるさいグリンダも、このドレスは一目でお気に召したご様子。

実際に着てみると、とてもよく似合っていて、男女問わず魅了(みりょう)されてしまいそう。

これならマティアス殿下も喜んでくれるに違いない！

何とかグリンダの準備を終わらせた後は、自分の身支度を整える。

王宮からの招待を断れる貴族はいないので、本当に渋々だけど……。

身支度を手伝ってくれる使用人のアメリに、白粉(おしろい)をたっぷり塗るようにお願いする。

晩餐会やお茶会みたいに何かを口にする機会がある時は、口が動く厚さに白粉(おしろい)を塗るなど、結構工夫して貰っているけれど、今日は早く帰宅するつもりなので、いつもより厚く塗って貰う。

そして準備が終わった自分を改めて鏡で見ると……うん、酷い。

元の顔が判別出来ないぐらい、白粉で真っ白に塗り込められた顔と銀髪の組み合わせだから、とってものっぺりとしていて凹凸(おうとつ)がない。まるで平面だ。

しかも肌を隠す為に選ばれた全身を覆うタイプのドレスは、ペールトーンの淡い色合いなので、全体的にぼんやりとしている……というか、この淡い色が王宮の大広間の壁の色と似ているのだ。

(我ながら酷い格好だなぁ。逆に目立ちそうな気がするのに、誰も私に気付かない時があるし)

せめてドレスを変えればまた違った印象なのだろうけれど、私が持っているドレスはこのドレスを含めて三着しか無い。

しかも、どれも大きめのサイズだから、成長期を考える必要がなく、後数年は着る事が出来るので、余程の事がない限りお義母様は新調してくれないだろう。

(別に着飾りたいわけじゃないからいいけれど……)

最近はこのぬりかべメイクにも愛着が湧いて来たし。仮面を被っていると思えば便利かも。

それに話しかけられたり、面倒なダンスに誘われる事もないから意外と気楽。

気配を消すように壁際にいれば、私の存在に気付く人は皆無だし。

初めはグリンダの嫌がらせから始まったメイクだけれど、今は感謝してもいいぐらい。

(――人間何事も前向きにならなくちゃね!)

そして私は馬車に揺られながら、いつもより美しく飾り付けられた城へと到着した。

グリンダとお義母様を乗せた馬車は、城の衛兵に誘導されて奥の方へ消えて行った。何も知らされていないけれど、きっと婚約発表の準備があるのだろう。

私が会場に入ると、そこには何時にも増して煌びやかに着飾った令嬢達の姿が。

(……何だかいつもより気合の入り方がすごい)

しかも今日は参加している令嬢の数が多い気がする。ぐるっと周りを見渡すと、いつもは領地にいるような令嬢達がこぞって参加しているみたい。

私はいつものように気配を消しながら壁側に移動して、幾つかあるグループから、ひときわ派手な令嬢達で構成されているグループを選んで近づいて行く。

こういう派手な人達の方が、大人しそうな令嬢達のグループよりも噂話が好きな傾向にあるので、黙って傍(そば)に立っているだけで、かなりの情報が手に入るのだ。

令嬢達の会話に耳を傾けると、何故彼女達が気合を入れているのか、その謎はすぐに解けた。

「帝国からの使者様って、すごくカッコいいらしいわね！」

「噂によると、帝国皇太子の右腕と言われているそうよ！」

「お父様がチラッと拝見したらしいのだけれど、若くて凛々(りり)しい方なのですって」

「マティアス殿下はもう無理だけど、帝国の貴族に見初(みそ)められれば……！」

「この国の貴族に嫁ぐより、よっぽどいい生活が出来るのでしょう？　これはチャンスだわ！」

「私は帝国皇太子の御尊顔(ごそんがん)を拝見したいわ！　とても美しい皇太子だそうよ！」

……なるほど。帝国の使者の目に留まって、あわよくばって事ね。

か弱げな見た目と違い、令嬢達のメンタルって強くてすごいなぁ。

令嬢達の話を聞いていると、会場中にファンファーレが響き渡り、王族達が入場して来た。

そして国王陛下が挨拶の後、マティアス殿下の皇太子任命とグリンダとの婚約を発表する。

正式な皇太子任命の儀は後日行われるそうだ。

沸き上がる会場に拍手が鳴り響く中、殿下とグリンダが入場して来て笑顔を振り撒く。

マティアス殿下は細身の身体に白を基調とした礼服を身に纏い、スラッとした立ち姿はとても凛々しく美しい。

隣に立つグリンダも華やかな装いで、何層にも広がるチュールが動く度にふわふわと軽やかに揺れて、妖精のように可愛らしい。

そんな美男美女カップルが、お互いに微笑み合う姿は仲睦まじく、とてもお似合いだ。

二人の姿を見た貴族達の感嘆のため息が、会場のあちこちから聞こえて来る。

特に令嬢方は頬を染めてうっとりと、令息方は目を輝かせて羨望の眼差しを送っている。

誰も彼もが二人の婚約を祝福し、王国の輝かしい未来を夢見ている。

――グリンダと殿下の婚姻は一年後。

後一年経てばグリンダは侯爵家からいなくなる……のであれば、私はどうなるのだろう……？

そんな事をふと考えてみる。

お義母様が屋敷にいるのであれば、このまま使用人扱いの後、何処かの貴族と政略結婚……かな。

政略結婚でもお相手が若ければいいけれど……。お義母様の事だから、とんでもない嫁ぎ先を見つけて来そうだなぁ。

高齢のご老人の後妻とか……？　うーん、お父様より歳上はちょっとなぁ。

それでも愛が芽生えればそれはそれで幸せになるのかな?

でもいくら素敵な人が目の前に現れたとしても、ハル以外の人を好きになれる気がしない。

七年前、一度会ったきりなのに、あの時の思い出は色褪(あ)せる事なく私の胸の中で息づいている。

(もういっその事、ハルに会いに帝国にでも行ってみようかな)

でもハルは会いに来てくれるって約束してくれたし、すれ違ったら困るよね……と、ぼんやり考えていると、周りが浮き立つように上げた歓声で我に返った。

どうやら帝国からの使者を紹介していたようだ。すっかり見逃してしまった。

一目御尊顔を拝見しようと思ったけれど、使者様の周りには沢山の人集(ひとだか)りが出来ていて、とてもじゃないけど近付ける気がしない。

使者様を見たらしいご令嬢方が、興奮気味に話しているのを聞いてみると……。

「見ました? 使者様のお顔! とっても凛々しくて格好いい方でしたわね!」

「ええ、ええ! 見ましたとも! さすが帝国の方ですわね! 佇まいからして洗練されていらっしゃったわ!」

「噂に違わず素敵な方でしたわ! 帝国に戻られてしまったらお会い出来ないのが残念ですわ!」

「ああ、帝国の令嬢方が羨ましいわ! あんなに素敵な方とお知り合いになれるのでしょう?」

「帝国の社交界はどんな感じなのかしら? 一度だけでいいから参加してみたいわ!」

帝国の使者様はかなり格好いい人らしく、王国のご令嬢からは絶賛の嵐だった。

(ハルも帝国では身分が高い方だと思うんだけど……その使者様にハルの事を聞いてみたらどうだ

ろう？　もしかしたら知り合いかも！）

ハルの事を聞こうと思い立った私は使者様がいると思われる人垣の方へ向かおうと思ったのだけれど、近くにあるもう一つの人垣を見て思わず足を止める。

もう一つ出来ている人集りは言わずもがな、マティアス殿下とグリンダで、沢山の貴族達に祝福の言葉を述べられている。グリンダは輝かんばかりの笑顔で受け答えしていて、その姿に将来の王妃を思い浮かべる。

殿下達に気を取られて気付かなかったけれど、殿下の近くで控えているエリーアス様の姿を発見した私は、反射的に後退（あとずさ）る。

（……うん、逃げよう）

今はまだ誰も私に気付いていない。逃げるなら今のうち！

そして私はスタコラ逃げた。

エリーアス様に見つからないように、壁と同化しながらスタコラ逃げた。


壁と同化しながら舞踏会会場から抜け出し、エントランスへ向かおうと廊下を歩いていると、

「失礼、お嬢さん」と、後ろから声がした。

でも、普段声を掛けられる事がない私は、自分が呼ばれたのだと気が付かず、そのままエントランスの方へ歩き続けた。

「ええと、お嬢さん？　そこの銀髪のお嬢さん！」

すると、今度は少し焦ったような声で再び声を掛けられ、ようやく私は自分が呼ばれているのだという事に気が付いた。

声がした方へ振り向くと、そこには少し長めの淡い金の髪に、穏やかな緑色の瞳をした青年が、優しげな微笑みを浮かべて立っていた。

その青年は華やかな美貌の持ち主で、貴族令嬢達に人気がありそうな美青年だけれど、王国の社交界では見覚えのない顔だったので、この国の人間ではないのかもしれない。

いくら舞踏会の参加率が低い私でも、こんなに目立つ人を覚えていないはずがないものね。

(もしかして帝国の人なのかな?)

私はなるべくそっけなくならないように気を付けて返事をした。

「はい、私に何か御用ですか?」

あまり表情を変えると、白粉にヒビが入るので笑顔を作れないのだ。

まさか今日の舞踏会で会話をする事になるとは思わなかった。

でもこの人、私に何の用事だろう? もしかして迷子……じゃないよね。会場はすぐそこだし。

だったらお手洗いの場所を知りたいのかな? でも殿方用なら給仕の方に聞いた方が早いよね。

私が少し警戒したのを察したのか、その人は私の緊張をほぐすような笑顔を浮かべると、腰を折って自己紹介をした。

その優雅な立ち振舞は、まるでどこかの国の王子様のよう。

「驚かせてしまい申し訳ありません。私はアーヴァイン・ワイエスと申します。貴女のお名前をお

伺いしても？」

　ワイエスと名乗る青年に名前を聞かれて一瞬悩んだけれど、悪目立ちしている私の名前なんてすぐ分かるだろうと思い、それならと名乗る事にした。

「先程は失礼致しました。私はユーフェミア・ウォード・アールグレーンと申します」

　私の名前を聞いたワイエスさんが、驚きで目を見開いた。

「えっ⁉　ウォード⁉　もしかして貴女はテレンス・ウォード・アールグレーン侯爵の？」

　ここでお父様の名前が出て来たので、今度は私が驚いた。

（このワイエスと名乗る人は、お父様のお知り合いかな？）

「はい、娘ですけれど……。その、貴方は父のお知り合いの方ですか？」

「いや、私が一方的に存じ上げているだけですよ。父君は私の憧れでしたから」

　ワイエスさんの言葉に、私は再び驚いた。

（えっ⁉　お父様に憧れていた⁉　この人が⁉）

　お父様はアールグレーン領の領主だよね？　領主に憧れるって、統治とか経営に興味があるのかな？　じゃあ、この人もどこかの領主のご子息？

　不思議そうな顔をしていた私に気付いたワイエスさんも、おや？　という顔をして首を傾げる。

　お互い不思議そうな顔をしているから、傍から見たら滑稽かもしれない。

「……あれ？　ウォード侯爵のご息女ですよね？」

「はい、間違いなく。それで……あの、父が何かしたのでしょうか？」

娘の私が自分の父親の事を知らない事に、何かを感じ取ったのか、ワイエスさんは申し訳なさそうに笑みを浮かべた。

「ええっと、申し訳ないのですが、その事で私からお話しするのは遠慮させて頂きます。他人が勝手に話題にするのもどうかと思いますので」

「……そうですか」

ワイエスさんの言葉に、確かにそうだな、と納得した。

自分の知らないところで噂されるのは誰だって嫌だろうし。

「あ、でも！　決して悪い話ではありませんので、どうか気に病まないで下さい」

「お気遣いありがとうございます」

教えて貰えなかった事に私がガッカリしたと思ったのか、ワイエスさんが慌ててフォローしてくれた。初対面で少し話しただけだけど、結構いい人なのかもしれない。

「それで、私に何か用事ですか？」

父の事はともかく、初めに声を掛けて来たのは私に用事があったからだよね？　じゃあ、父ではなく私個人に用事があるのだろう。

「ああ、そうですね。ではお伺いしますが、ユーフェミア嬢は何か魔道具をお持ちですか？」

（……ん？　魔道具……？）

魔道具とは、魔法を術式で表したものである魔法陣や魔法回路を魔石に刻み、道具や器物に組み込む事で様々な効果を出す用具や器具の事だ。

その形は様々で、箱型の大きな魔道具もあれば、指輪やネックレスなどの小さいものまである。

「いいえ。私は何も持っていませんが？」

「……あれ？　そうなのですか？　私はてっきり……」

（てっきり何だろう？　何か魔道具を使うような素振りでもしたかなぁ？）

何だろう？　と思ってその腕を見ると、手首にブレスレットが着けられていた。

ワイエスさんの次の言葉を待っていると、彼が私に向かって腕を差し出した。

そのブレスレットは、二本の革紐の間に小さい魔石が並んで編み込まれていて、それが手首にぐるっと二連に巻き付いている。

魔石がふんだんに使われているけれど、一個一個が小さいからシンプルでスマートに見える。

「……もしかして、それは魔道具ですか？」

大量に魔石が使われているし、話の流れから間違いないのだろうけれど、念の為確認する。

「はい、魔道具です。これは私が作った物ですが、最近開発したばかりの術式を使用していましてね。私の自信作なのですよ」

魔道具を自分で！　すごい！　じゃあ、このワイエスさんは魔道具師なんだ……。

てっきり貴族令息だと思っていたよ……人は見かけによらないんだなぁ。

「ご自身が作られたのですね。装飾品としても使えそうですし、素晴らしいですね」

実際、ワイエスさんが身に着けているブレスレットは、落ち着いた色の魔石を使用しているし、シックなデザインがとても格好いいと思う。

「本当ですか！　貴女に褒めて頂けるなんて光栄ですよ」

ワイエスさんが私の言葉に、とても喜んでくれるけれど……。

正直、私に褒められても嬉しくないと思う。だって私の今の姿にはセンスの欠片も無いし。

でも、嘘を言っているようには見えないし、喜んでくれているのならいっか、と思う事にする。

「まあ、そんな事は……。それで、その魔道具はどのような効果があるのですか？」

私の質問に、ワイエスさんは「待ってました！」と言わんばかりに目を輝かせて、ずいっと顔を近付けて来た。か、顔が近い！

「よくぞ聞いてくれました！　この魔道具は認識阻害（そがい）の効果があるのです！　光属性の人間でなくとも魔力を流せば効果を発揮する優（すぐ）れ物なのです！」

「は、はあ……」

涼しげな印象だったのが魔道具の話になった途端ガラッと変わり、今度は熱く語りだす。

どうやらワイエスさんは魔道具の事がとてもお好きらしい。

しかし認識阻害か……会場でワイエスさんに気付かなかったのはその魔道具のせいだったのね。

普通だったらご令嬢が群がっていてもおかしくない程、綺麗なお顔をしているものね。

「本来の魔道具は一つの魔石を使用するのが基本なのですが、認識阻害の効果を出そうと思うと石が大きくなり過ぎるのです。あまり魔石が大きいと効率も悪くなりますし。だから私は小さい石に術式を細分化して書き込む事にしたのですよ。そうしたらこれが大正解でしてね！　本来であれば一個一個の石で単独の効果しか無かったのですが、この革紐にも術式を書き込む事で並列処理が可能となったのです。そうすると一つの石を使うより格段に効率が上がったんですよ！」

　ワイエスさんが盛り上がってしまってドン引きする。

　どうしよう……何だかこんな風に蘊蓄が止まらない人を昔見たような……。

　あ！　ランベルト商会のハンスさんだ。ハンスさんも凄く夢中になって説明してくれたっけ。

「それはすごい発見ですね。魔道具の効果が上がると魔力が少なくてとても助かりますし」

　私はグリンダ程魔力量が多くないので、魔力の消費が少ないのはとても嬉しい。

「そうですよね。私としても魔道具の効率を上げげつつ小型化したいと常々思っておりまして。その為にはあの――……いや、すみません。語り過ぎましたね。退屈だったでしょう？」

　何かを言いかけたワイエスさんだったけれど、ふと我に返ったようで、途中で話を止めてしまう。

「魔道具の事になるとつい語ってしまって。女性にこういう話をすると嫌われると分かっているのですが……」

　とても申し訳なさそうな顔をするワイエスさん。今まで何度も失敗したのかも。

「いえ、とても興味深いお話でした。そうして新しい事に挑戦される方を私は尊敬します」

　私も言っている事が難しくてあまり理解は出来ないけれど、それはワイエスさんがそれだけ努力して身につけた知識なのだ。そんな難しい事を、少し話を聞いただけで理解出来るはずないよね。

　それに私達が魔道具を使って便利に暮らしていけるのも、ワイエスさんのような探求心が強い人のおかげなのだから、何も生み出せない自分からしたら感謝しか無い。

「ふふ、そう言われると嬉しいですね。……ありがとうございます」

そんな私の意見が珍しかったのか、ワイエスさんは少し驚いたような表情をした後、嬉しそうに、はにかんだような笑顔を浮かべた。

私より歳上のはずなのに――その笑顔はまるで、少年のように無邪気だった。

私とワイエスさんの間に何とも言えない雰囲気が流れたので、私はそんな雰囲気を誤魔化すように話題を逸らす事にした。

（……早く屋敷に帰って休みたいし）

「えっと、それで私と魔道具が何か関係があるのですか？」

私が改めて質問すると、ワイエスさんも話が途中だった事を思い出したらしく、申し訳なさそうに眉を下げた。

「すみません、てっきり貴女は魔道具を持っているものだと思っていましたので。しかし、魔道具をお持ちでないのでしたら、貴女のその認識阻害に近い気配遮断はどのように行っているのでしょうか？　差し支えなければ教えて頂きたいのですが」

んん？　気配遮断？　ただ周りに気付かれないように息を潜めているだけですが。

「申し訳ありませんが、私は何もしておりません。何かお間違いではありませんか？」

「いえ、決して勘違いではありませんよ。私は自分の魔道具を発動させて、会場の様子を窺っていたのですが……あっ！　決して怪しい者ではありませんから！　ちょっと偵察……ごほん！　魔道具の動作確認の為に舞踏会に参加しただけですから……！」

ワイエスさんの話を聞いていると、何やら不穏な事を言いだしたので疑いの眼差しを向けると、私のジト目に動揺したワイエスさんから、更に危険な言葉が飛び出した。

（……偵察……？）

これ以上一緒にいると碌でもない事に巻き込まれそうなので、私は早々に退散する事にした。

「私、もう戻らないといけませんので、ここで失礼させて頂きます」

「えっ⁉　そんなっ！　もう少しだけ話を……！」

ワイエスさんが食い下がって来たけれど、私は構わずエントランスへ向かう為に背を向ける。これはもう話す事は無いという私なりの意思表示だ。

「では、ごきげんよう」

「……っ」

私の拒絶する雰囲気を察したのだろう、ワイエスさんは何も言わずに立ち竦んでいる、

（……ちょっと悪かったかな？）

何だかとても良心が痛んだけれど……でもこれ以上関わらない方がいいよねと思い、エントランスに向かって歩いたら、後ろからワイエスさんの声が聞こえて来た。

「ユーフェミア嬢、またお会いしましょう！」

ワイエスさんの言葉にギョッとしたけれど、振り向いたその先に彼の姿は既になく。

（……ええ～。またって何？　出来ればもうお会いしたくないんですけど……）

私は彼が、きっと社交辞令で言っているのだろうと思い直し、帰路に着いたのだった。

ユーフェミアとの出会い（アーヴァイン視点）

とある人物を求めてナゼール王国へやって来た私であったが、タイミングよく王太子任命の祝いを兼ねた舞踏会に参加する事が出来た。この国なら私の事を知る者はほとんどいないだろうから、新しく開発した魔道具の効果を試すには丁度いい機会だった。

だから、然程（さほど）重要でもない国の舞踏会で、実に興味深い令嬢と出逢うなんて思いもしなかった。


魔道具を起動して姿を消した私は、ユーフェミア嬢の背中を見送り、彼女の姿が見えなくなると舞踏会会場に戻るべく足を進めた。

会場へ戻る途中、キョロキョロと周りを見渡しながら誰かを探している、王宮の侍従らしき人物がこちらへ向かって来ているのに気が付いた。しかし私は魔道具を発動しているので、この侍従は自分には気付く事なく、通り過ぎるだろうと思っていたのだが――

「失礼、この辺りで令嬢の姿を見掛けなかっただろうか？」

意外な事に、その侍従が当たり前のように話し掛けて来て驚いた。

（――これはどういう事だ……!?）

確かに魔道具は発動し、私の存在は周りから隔離されているので気付かれるはずがない。

現に、ユーフェミア嬢は私を認識していたにも拘わらず、魔道具の起動後は私を見失い、気付かないまま去って行ったというのに……。

「いいえ？　私は見ておりませんが」

ユーフェミア嬢の事を探していると気が付いたものの、何故か正直に答える気になれなかった。

自分でも理解出来ない感情に流されて、私は侍従に嘘の返事をする。

「そうか……失礼した」

もっさりとしている髪の毛のせいで顔が分かりづらく、イマイチ表情は分からないけれど、何となく彼から残念そうな雰囲気が伝わってくる。

別の場所を探しに行くつもりなのか、エントランスとは逆方向に去って行く侍従を見送りながら、私は思考を張り巡らす。

（――今の男は一体何者だ？）

男の身のこなしを見ると、侍従ではなく武官かもしれない。ならば、私の気配を感じ取ってその存在を認識したのだろう――もしくは希少と言われている魔眼持ちの可能性だが――。

私は心の中でその可能性を否定する。王国にそんな存在がいるとは聞いた事がないからだ。

王国にいる魔眼持ちは唯一人――しかしそれは少女のはずで、男ではない。

他の国にも何人か存在するが、その中でも特に有名なのはバルドゥル帝国の皇太子だろう。

帝国と言えば、この王太子任命と婚約発表の場に秘書官を派遣していたのは意外だった。

こんな小国にわざわざ大国である、帝国の要人が参加する事自体珍しい。

しかし、もし皇太子が参加していたとしたら……？

「まあ、流石にそれはない、か……」

帝国の皇太子が、まさか他国に来てまで女を探して彷徨い歩いているなんて——そんな自分の考えに自笑する。

あの男が私に気付いたのは、何かの条件で上手く効果が発揮されなかったのが原因だろう。

（研究院に戻ったらもう一度検証し直す必要があるな……）

魔道具の効果はある程度把握出来たので、出来れば早々に国へ帰るべきなのだろう……そう考えた私の脳裏に、先程出会った令嬢の顔が浮かび上がる。

ユーフェミア・ウォード・アールグレーン
今まで出会った女性の中でも、彼女は初めて出会ったタイプの、不思議な雰囲気の令嬢だった。


私が王宮の舞踏会に参加したのは、王国内の偵察と新しく作った魔道具の性能確認の為だった。

魔道具を起動し、その効果を試しながら会場中を歩き回っていた私は、会場に入ろうとしていた令嬢を見掛けたのだ。

貴族令嬢がエスコートもされず、一人で舞踏会にやって来るのは珍しい。

更にその令嬢の出で立ちが、年頃の令嬢の装いとかなりかけ離れていて、私は思わず彼女を目で追っていたのだが、彼女が会場に入った瞬間、気配がなくなった事に気が付いた。

(何だアレは……!!)

私が作った魔道具の効果とはまた違う認識阻害――いや、気配遮断と言うのが適切なのかもしれない――そんな名だたる武人のような技を、魔法を使わずにあのような令嬢が……？

疑問に思いつつ、その令嬢を追いかけながら観察していると、不思議な事に気が付いた。

令嬢は気配を消しているにも拘わらず、周りの人間はごく自然に令嬢を避けているのだ。

それに対して私の場合、周りの人間の動きに注意しながら避けないとぶつかってしまうのに。

(これは一体どういう事だ？)

悪目立ちしそうな令嬢が、全く意識されていないなんて――まるで空気のようではないか。

当の令嬢が気になった私は、しばらく彼女の様子を窺っていたが、彼女が会場から出たのを見て好機と思い、後を追いかける事にした。

私は魔道具を停止し、令嬢に声を掛けたのだが、中々気付いて貰えなかったのには驚いた。しかもやっと自分の顔を見たと思ったら、全くの無反応だなんて。

私は自分の容姿が女性受けする事をよく知っているので、この令嬢も頬を染めるぐらいは反応すると思っていたのだが。

そしてユーフェミア・ウォード・アールグレーンと名乗った令嬢に私は更に驚いた。

テレンス卿が結婚したのは知っていたけれど、まさか娘が生まれていたなんて……私は知らされていなかった。……いや、私だけではない。きっとあの方も知らないのかもしれない。

彼女の父親のテレンス卿は王国以外の国でも名が知られている程の人物だ。だが、その娘が父親の事を全く知らないとは。

何か事情があるのだろうと察した私は、父親の話題を避け、本題に入る事にした。

「ユーフェミア嬢は何か魔道具をお持ちですか？」

私の質問に、ユーフェミア嬢は何も持っていないと言う。しかも彼女の様子を見る限り、あの気配遮断は無意識のようだった。

（まさか、無意識に気配遮断を行っているというのか……？　あんな高度な技を？）

私はユーフェミア嬢に魔道具を見せる事にした。新しい技術を盛り込んだ自信作だ。

しかし、私はいつもの調子で魔道具について熱く語ってしまう。

（しまった！　完成した嬉しさのあまり、つい夢中で語り過ぎた……！）

初めは好意的だった女性達も、私が魔道具の話をはじめた途端に呆れ、去って行くのを何度も経験した。だからユーフェミア嬢もきっと、その女性達のように自分に呆れていると思っていた、それなのに――。

「いえ、とても興味深いお話でした。そうして新しい事に挑戦される方を私は尊敬します」

ユーフェミア嬢の口から出たのは、私にとって予想外の言葉だった。

（え、社交辞令じゃ……。あれ、違う？　……本当に？）

一瞬、彼女の言葉を疑った私だったが、その美しい紫水晶の瞳を見て、その考えを改めた。

何故なら、ユーフェミア嬢の瞳には、確かに知的な輝きがあったからだ――。

（なら、さっきの言葉は本心で、本当に私を……？）

自分で言うのも何だが、私は本国では天才と褒め称えられている。そして家柄がかなりいいので、その権力にあやかろうとする人間も多い。だから、魔道具研究の事で成果を上げて称賛を受けても、どこかお世辞のような気がして素直に受け取れなかった。

だが、そんな私の背景などを知らずとも、こうして敬意を表してくれるユーフェミア嬢の言葉に、私の胸は温かくなる。

（もっとこの少女の事が知りたい――）

そう思った私だったが、初めての感情に舞い上がってしまったのか、つい漏らしてしまった言葉に、要注意人物だと警戒され、逃げられてしまう。

（ああ……！　何という失態を私は……っ！）

後悔しても既に遅く、引き止める言葉もむなしく、ユーフェミア嬢は去って行く。

しかし、このまま終わらせるつもりなどない私は、彼女の背に声を掛ける。

「ユーフェミア嬢、またお会いしましょう！」

その言葉を聞いたユーフェミア嬢が、驚いた表情で振り返るのを見て――。

（ははっ、可愛いな）

私は、自分の心から浮かんだ言葉に驚愕する。

（可愛い……？　彼女の事を……？）

ユーフェミア嬢の顔は化粧で塗り固められており、素顔が全く分からなかった。ドレスも全身を隠すようなデザインで、スタイルの良し悪しも分からない。

だが、それでも、私は彼女の事が気になって仕方がない。

(自分のこの気持ちは一体……?　どうして上手く言語化出来ない……?)

いつもは理路整然と難解な術式の説明が出来るのに、心の中で燻るこの感情を、上手く説明出来ない事に困惑する。

(もう一度彼女に会えば、その理由が分かるだろうか……?)

私は予定を変更し、帰国を少し延ばそうと考えた。

そうしてもう一度ユーフェミア嬢と会い、この感情の正体を解明したいと思う。

きっとその機会はすぐにやって来るだろう、そんな予感がする。

なぜなら、私と彼女は全くの他人ではないのだから。


――私は彼女との再会を楽しみに、その場から立ち去ったのだった。

第四章　ぬりかべ令嬢、出奔する。

王宮での婚約発表以来、グリンダはお妃教育の為に王宮へ通う事になり、今日も朝から登城して不在となっている。

おかげで今日のお昼はのんびりと平和に過ごす事が出来た。

グリンダは登城したし、お義母様も何処かへ出かけたので、私は言いつけられた用事が終わった後は、久しぶりにハーブの世話をしようと思い、裏庭に向かう事にした。

私がハーブのお世話が出来ない時は庭師のエドさんが代わりにやってくれるけど、やっぱり自分でお世話してあげたい。

気が付けば秋も中盤を過ぎようとしているはずなのに、今日は意外と日差しが強い。

私はこれ以上日焼けをしない為にほっかむりをし、スコップ片手に土をいじる。

（……ああ、癒される……）

雑草を抜き、ハーブの剪定（せんてい）を済ませると、たっぷり水をあげる。

ハーブによっては水のやりすぎがダメな種類があり、水やりと言っても結構難しかったりする。

でもこうして植物や自然と触れ合っていると、段々気分が落ち着いてくる。

そろそろ新しいアロマオイルを作りたいな。次はどんなハーブを植えようかな？　……なんて事を考えるのもすごく楽しい。

ハーブは料理やお茶はもちろんの事、アロマ、化粧水やマッサージオイル等の美容にも利用出来るからとっても便利なんだよね。

次に植えるとしたら何にしようかな？　出来れば冬でも咲いてくれる強いハーブがいいな。

だとしたらカレンデュラはどうだろう？　見た目にも可愛いし、ポプリや化粧水にも使えるから、カレンデュラオイルにするといいかもしれない。

確かカレンデュラの花には殺菌作用や炎症を抑える効果があって、火傷（やけど）やニキビにも効くって本に書いてあったものね。

お肌のトラブルは乙女にとって永遠の悩みだし、作ったらみんな喜んでくれるかも！

私はカレンデュラを植えるスペースを決め、水はけがよくなるように土をいじる事にする。

後でエドさんに苗の手配をお願いしなくっちゃ。

――青空のもと、太陽の光を浴びて汗をかきながらする作業って、とっても気持ちいい。

ご機嫌な私は鼻歌を歌いながら、土をザクザク掘り進めていった。

しばらく夢中になっていると、屋敷の方から慌てた様子のアメリがやって来た。

アメリはマリアンヌと同じく、私と仲よくしてくれる使用人だ。普段おっとりとしているのに、今は珍しく狼狽（うろた）えているように見える。

「ユ、ユーフェミア様！」

「アメリ、どうしたの……？」

「奥様がお呼びなのですが……！」

お義母様は買い物に行ったとばかり思っていたけれど、帰りが早過ぎるから買い物ではなかったらしい。

ただお義母様が呼んでいるにしては、アメリの様子がおかしい。

……何だかすごく嫌な予感がする。

「とにかく落ち着いて？　お義母様のところへ行けばいいのね？」

「それはそうなのですが、お客様をお連れになっていて……その方が、あのアードラー伯爵なんです……！」

アメリが口にした名前を聞いて、何故彼女が慌てているのかを理解した。


アードラー伯爵には、常に悪い噂が付き纏っている。

王国では禁止されている奴隷（どれい）や違法薬の密売、闇オークションの元締め等など……。

それなのに、証拠が不十分だとして未だ貴族から除籍されずにいる。

しかも私生活では五回も結婚を繰り返していて、その全てが死別。

アードラー伯爵に嫁ぐという事は死刑宣告と同義、というのが社交界の認識となっている。


「……ユーフェミア様……」

アメリが涙目で私を見る。彼女もアードラー伯爵来訪の理由を察したのだろう。

「とりあえずお義母様のところへ行くわ。お手伝いしてくれる?」

いつものぬりかべメイクをさらに酷くすれば、アードラー伯爵も呆れるかもしれない。

……なんて、あのお義母様に、そんな甘い考えが通用するはずもなく。

「それが……着替えたら化粧はせず、すぐお連れするようにと……」

そうして、ささやかな抵抗すら封じられた私は、アードラー伯爵と対面する事となった。


ドレスに着替えて応接間へ入ると、お義母様とアードラー伯爵らしき人物が談笑していた。

初めて見たアードラー伯爵は、残り少ない白髪混じりの髪の毛を無理矢理撫でつけた髪型に、身体中の脂肪が弛みきった中年男性で、貴族の品格が微塵も感じられない人だった。

「あら、やっと来たのねユーフェミア。こちらはアードラー伯爵よ。ご挨拶なさい」

お義母様に促され、アードラー伯爵にカーテシーする。

「初めまして。ユーフェミア・ウォード・アールグレーンと申します」

顔を上げてアードラー伯爵を見ると、ねっとりと舐めまわすような目で私を見ており、その視線に思わず鳥肌が立つ。

「これはこれは……! この令嬢があの? 随分噂と違いますなあ! これは美しい! それにハリのあるいい身体をしておる……これは久しぶりに楽しめそうだ!」

アードラー伯爵は興奮しているのを隠そうともせず、私の顔や身体を値踏みするように見つめて来て、何だか視線だけで汚されたような気分になってしまう。

「あらあら、アードラー伯爵ったら。ユーフェミアをお気に召しまして？」

「いいねいいね！　是非とも私のところに来て欲しいね！　こんなに若くて美しいお嬢さんを娶れるなら幾らでも出すよ！　初物だったら最高だね！」

「それはもちろん、ご期待に添えましてよ？　身体も健康ですし、伯爵には十分ご満足頂けると思いますわ」

「それはそれは！　嬉しいねえ！　私は先日妻を亡くしたばかりでね！　独り寝は寂しいと思っていたところなんだよ！」

二人の会話に吐き気がする。余りの物言いに絶句してしまう。

きっと私の顔色は青を通り越して白色になっているかもしれない。

これは確かにメイク不要だったな、と自虐して現実逃避せずにはいられない。

私が呆然としている間に二人は話を纏めたらしい。

「一日でも早く私のところへおいで！　たっぷりと可愛がってあげるからね！」

アードラー伯爵はそう言うと、最後までねちっこい視線を私に向け、舌舐めずりしながら名残り惜しそうに帰って行った。

アードラー伯爵の視線から解放されて、緊張の糸が切れた途端身体が震えて止まらなくなる。

――ハル……！

私は服の上から指輪を握りしめ、ずっと心の支えにしていた男の子の顔を思い出す。

そんな私にお義母様が心底楽しそうな笑みを浮かべて言い放った。

「アードラー伯爵ってばすっかり貴女を気に入ったみたいね。喜んで貴女を娶ってくれるそうよ。よかったわね」

「グリンダと違って結婚出来ないであろう貴女には勿体ないぐらいの縁談ね」

「ちょっと歳は離れているけれど、とても体力はあるのですって」

「アードラー伯爵はたっぷりと支度金を出して下さるそうよ。その分、貴女もしっかりご奉仕しなさいな」

「テレンス様には私から連絡をしておくから、貴女は余計な事を言うんじゃないわよ」

「ああ、それと離縁出来るなんて甘い考えは持たない事ね。貴女に帰る場所なんて無いのだから」

次々と浴びせられる酷い言葉に、私の中の何かが切れた。

——もうこれ以上、大切なものを奪わせない……！　ハルとの夢も希望も未来も。

そして私はお母様との思い出が詰まったこの侯爵邸から、姿を消す決心をした。

アードラー伯爵と会ったその後、私は再び使用人の仕事をしながら今後の事を考える。

これから私は一人で生きていかなければならないのだ。

人生のほとんどを屋敷の中で過ごして来た私にそんな事が出来るのだろうか、と一瞬考えたものの、出来るかじゃない、やるんだと決意する。

今日の夜には屋敷から出奔するつもりなので、何を持って行くか、何処へ向かうかを早いうちに決めておかなければならない。

一番の問題は金銭だ。私はもちろん賃金を貰っていない。金目の物も持っていないので、屋敷から出たとしてもすぐ路頭に迷うのは必至である。

……だがしかし！　それは普通の令嬢の場合だ。今の私には長年培って来た使用人スキルがある。伊達に使用人として八年は過ごしていないのだ。

しばらくは侯爵家と縁の無い、どこか辺境の屋敷に雇って貰って旅費を稼ごう。そして叶うなら帝国に行きたい。帝国に行ってハルに会いたい。

けれども世の中何が起こるか分からない。念の為、使用人として働くのが無理な場合の事も考えた方がいいかも。うーん……次の候補はどうしよう。

そこで思い出したのが庭で育てたハーブだった。

そのハーブを使って作ったオイルや化粧水はお義母様やグリンダが気に入っていたし、使用人仲間にもとても評判が良かった。作る度に分けて欲しいとよくお願いされたっけ。

それらを販売して小銭を稼ぐのはどうだろう。何処かの商会で買い取ってくれないかな……商会……あ。ランベルト商会のハンスさん！

ハンスさんはかなりの目利きだから、素人が作った物が通用するか分からないけれど……ダメ元で行ってみるのもいいかもしれない。

とりあえずハンスさんのお店に行ってから、帝国に行く方法を考えよう。旅をする為の装備や必需品も買わないといけないし、どのルートを使うか調べる必要があるしね。

もしハンスさんに会えたらハルに取り次いで貰えるかもしれない。それがだめでも、ハルに関する情報を教えて貰えたら嬉しい。

（目標が出来たら少し気がラクになったぞ！）

掃除をしながら屋敷中を歩き、しっかりとその光景を目に焼き付ける。

またここへ帰って来られるか分からないから、忘れないようにしっかりと。


一日の仕事を終えて、使用人用の休憩室を兼ねた厨房へ向かう。昔からこの屋敷で働いてくれている人達にはとてもお世話になったのだ。

最後に一目、皆んなの顔を見てからこの屋敷を出るつもりだった。

こっそり扉を開けて中の様子を窺おうとしたら、突然ぐいっと腕を引っ張られて中に引き摺り込まれた。

「……っ⁉」

引き摺り込まれたと同時に扉が閉まる音がする。慌てて振り向くと、そこには目を潤ませながら怒った顔をしたマリアンヌが仁王(におう)立ちしていた。

「ユーフェミア様……！」

「……は、はいっ……！」

「何律儀に仕事を終わらせているのですか！　この屋敷から逃げるんでしょう？　だったらのんびりしていたらダメじゃないですか！」

「え、えぇ⁉」

マリアンヌの言葉に驚いて変な声が出てしまう。

（出て行く素振りなんてしていなかったはずなのにバレバレだった……？）

「何を驚いていらっしゃるのですか。貴女の考える事などお見通しですよ」

後ろから声を掛けられて振り向くと、そこには執事のエルマーさんや料理長のデニスさんに庭師のエドさん、女中頭のダニエラさん、使用人仲間のアメリとカリーナ達……。

私がお世話になった人達が勢ぞろいしていた。

「あれ……？　皆んな一体どうして……？」

いつもならこの時間にはいない人までいて驚いた。

「アードラー伯爵との件は聞いたぜ。お嬢があんな低俗な男の元に嫁ぐだぁ……？　んなもん、納得出来るわけねえだろうが！」

デニスさんが怒りに震えながら吐き捨てるように言った。

「そうです！　ユーフェミア様がここから出て行かれなくても、私達が無理矢理にでも連れ出すつもりでした！」

「私達ユーフェミア様には絶対幸せになってほしいんです‼」

アメリとカリーナが号泣しながら訴える。可愛い顔が涙でぐしょぐしょだ。そこまで私の心配をしてくれていたと思うと胸が温かくなる。

私が感激していると執事のエルマーさんが声を掛けて来た。

「ユーフェミア様。こちらは今までの給金です。どうぞお受け取り下さい」

エルマーさんが差し出して来た袋を思わず受け取ると、ずっしりとした重さで落としそうになる。

「あ、あの……！　お給金って……？」

「ユーフェミア様がこの屋敷で働かれた八年分の給金です。労働に対する正当な報酬ですのでご遠慮なさらずお受け取り下さい」

袋の中でジャラリと金貨がこすれる音がする。てっきりタダ働きだと思っていたので、正直とても有り難い。

「その中には退職金やダニエラが査定したボーナスも含まれていますからね。失くさないようしっかり管理して下さい」

「他の使用人と同条件で査定しております。ユーフェミア様は仕事が早くて丁寧でしたから、その点を踏まえて評価させて頂きました」

若くして女中頭に抜擢されたダニエラさんが眼鏡の縁をクイっと上げながらそっけなく言う。

基本無表情だから分かりにくいけれど、これはダニエラさんが照れている時の癖だ。

エルマーさんやダニエラさんに初めの頃はよく叱られたけど、ちゃんと私を見ていてくれた事がとても嬉しい。

「それから、これを」

マリアンヌが一つの鞄を差し出して来た。

「勝手ながら、ユーフェミア様のお荷物をこの中にまとめさせて頂きました。もちろん、ハーブや化粧水などユーフェミア様がお作りになられたものも全て入っています」

「え⁉　……全て……？」

私が部屋で保管していたハーブ関係のものだけでも、かなりの量になるはず。

実際出て行く時は一部だけしか持ち出せないだろうと諦めていたのに。

それ全てがこの小さい鞄に入っているという事は……。

「お察しの通り、こちらは空間魔法が付与されている魔法鞄です。容量もこの部屋の広さぐらいは余裕で入りますよ」

「そ、そんな……！」

エルマーさんが教えてくれた鞄の性能にびっくりした。

魔法鞄を作る事が出来るのは魔導国にいる数名の魔道具師だけなので、稀少性と利便性があって人気も高く、かなりの高額にも拘わらず購入するには数年待ちと言われている。

この鞄ひとつで王都の家一軒と同じぐらい……いや、それ以上の値段が付くはずだ。

「こんな高価なもの、頂くわけには……！」

お給金だけでも十分なのに、これ以上お世話になるわけにはいかないと、エルマーさんに訴えたけれど、返って来たのは優しい微笑みだった。

「こちらは侯爵家当主、テレンス様よりお預かりしていた鞄なのですよ。万が一、ユーフェミア様がこの屋敷から出奔する場合はこれに必需品を入れて持たせるように、と」

エルマーさんから意外な人物の名前を聞かされ驚愕する。

「まさかお父様が……？　どうして……？」

私の掠れて震えてしまう声に動揺を察したエルマーさんが、一瞬悲しげな表情をしたけれど、その次の瞬間には表情を真剣なものに切り替えていた。

「ユーフェミア様からすれば薄情な父親だと思われているでしょうが、旦那様はいつもユーフェミア様の事を案じておられましたよ」

申し訳なさそうに眉を下げるエルマーさんだけれど、その言葉は私にとって、とても信じられる内容じゃなかった。

「そんな……そんなの、信じられない！　だってお父様は……私と目を合わせてさえくれなくなって……もう何年も会っていないのに！」

お母様が亡くなる前から私を避けるようになって――そして亡くなった後は領地に行ったきりで、一度も会いに来てくれた事がないお父様が……？

私がお義母様達に辛く当たられているのを知っているはずなのに、我関せずとばかりに放置していたのに……？

「それには深い事情がおありなのです。私の口から内容をお伝えする事は出来ませんが……どうか、お願いします。旦那様を憎まないで下さい」

深々と頭を下げるエルマーさん。

（……ずるいなあ。そんな事されたら何も言えなくなってしまうじゃないか）

「……分かりました。とにかく一度お父様にお会いして、その事情とやらをじっくりお話しして頂きます」

渋々納得した私にエルマーさんがホッとした表情を浮かべる。

「ありがとうございます。お嬢様と気兼ねなくお会い出来ると知れば旦那様もお喜びになります。いつもは遠目からお嬢様の様子を窺うだけでしたから」

エルマーさんがついポロッと零したであろう言葉をきっかけに、皆んなから次々とお父様の話が飛び出して驚きの事実が判明した。

「そうそう、ユーフェミア様とばったり出会（でくわ）さないようにいつもこそこそ……ごほん。お忍びでいらっしゃっていましたね」

ワハハと笑って暴露するエドさん。

「俺も『ジュディやグリンダからミアを守れ』って口うるさく言われてよぉ。会う度に言ってくるから何度仕事が止まったかわかんねえや」

ため息をつきながらやれやれと肩を竦めるデニスさん。

「私には厳しくしすぎないよう言いつけていましたわ。全く過保護ですこと」

眉間にシワを寄せながら眼鏡を上げるダニエラさん。

（…何だかお父様に対するイメージが……あれぇ？）

エルマーさんが慈悲深い瞳で私を見て微笑んだ。

「旦那様はいつもユーフェミア様の事を想っていらっしゃいましたよ」

――きっとその言葉は本当の事なのだろう。

お母様が亡くなる前まで、確かに私はお父様に愛されていた。それなのに……。

私に誤解されてまで隠さないといけない深い事情って一体……？

正直、お父様を憎む気持ちは全く無いとはまだ言えないけれど、どちらにせよこの家を出て行くと決めたのだ。

一度お父様とお会いしなければ――そしてきちんと話し合うのだ。

私がお父様を憎むか愛するかは、その時決めようと思う。

朝焼けが刻々と東の空に広がりはじめる早朝、まだ薄暗い裏門に買い出し用の幌付き荷馬車が用意されていた。

その馬車に私はさっと身を潜り込ませ、荷台に積まれた箱の後ろに身を隠す。

こんな朝早くからお義母様やグリンダが目覚めないのは分かっているけれど、万が一誰かに見られると困るので、念の為慎重に行動する。

朝市が催されている市場からハンスさんが経営しているお店「コフレ・ア・ビジュー」へは少し歩くけれど、徒歩で行くよりは全然いい。

「じゃあ、出発するか」

料理長のデニスさんが独り言のように、隠れている私に出発を告げる。

馬車がゆっくりと動き出し、屋敷から少しずつ離れていく様子をぼんやりと見つめながら、使用人の皆んなとの別れを思い出していた。

マリアンヌやアメリ達が市場までついて来ると言ってくれたけれど、朝の準備があると宥めたり、馬車の御者を誰が務めるかでエルマーさん、デニスさんやエドさん達が役目を奪い合ったり……。

結局は腕っぷしが強いデニスさんに決まったけれど、皆んなが最後まで一緒にいようとしてくれているのが伝わって嬉しかった。

思い出がたくさん詰まった、生まれ育った場所を目に焼き付けようとずっと屋敷を見続ける。

正門の前に差し掛かった時、窓の辺りで何かが動いたような気がしたので目を凝らしたら、屋敷の窓からこっそり見送ってくれている皆んなの姿が目に映った。

手を振ってくれる女の子達、祈るように見守ってくれる人、ハンカチを目に当てている人――。

皆んなのそんな姿に気付いたらもう無理だった。

ずっと我慢していたのに、決壊したように涙が零れ落ちる。

今まで自分だけが不幸になった気でいたけれど、よく周りを見てみれば、支えようとしてくれた人達がいた。私はいつも守られていたのだという事にようやく気付く。

本当に私は周りの人達に恵まれていたのだと感謝する。

いつか恩を返せたらいいな……いや、絶対に返そう。

――ぼやけた視界の中で、小さくなっていく屋敷を見つめながら、私はいつか必ずここへ帰って来ようと決心した。


ずっと泣き続ける私を、デニスさんは市場に着く手前までそっとしておいてくれた。

強面（こわもて）な見た目だけれど、本当はお気遣いの紳士なのだ。

「お嬢、もう市場に着くぞ。いつまでメソメソしてんだ。さっさと泣きやめ」

……前言撤回。

「もう！　デニスさんデリカシー無さ過ぎ！　そこはこう、もっと優しく言うべきところでしょ！　そんな事じゃダニエラさんに嫌われるよ！」

「……はあ⁉　ちょ、おま……‼　なんで知って……いや、違う！　何言ってんだ⁉」

あらら。珍しくデニスさんが顔を真っ赤にして狼狽えてる。はたから見ると、お互い両思いなのがバレバレなんだけどな……。

「私、お屋敷の皆んなが大好きなの」

「はあ？」

私が突然話を変えたと思ったらしいデニスさんが怪訝そうな顔をする。

「だから絶対幸せになってほしい……もちろんデニスさんとダニエラさんも」

「…………」

「皆んなが幸せかどうか確認しに行くから——必ず会いに行くからねって、デニスさんから皆んなに伝えてくれる？」

私の言葉の意味を理解したデニスさんは大きなため息をつきながら俯くと、「よし！」と気合を入れて顔を上げた。

「お嬢の伝言は皆んなに伝えとく」

そう言うと、ふっと表情を和らげる。

「俺も覚悟を決めるよ。お嬢が安心出来るように、いつでも帰って来られるように。あいつらを守るって約束する。……まあ、まずはダニエラを口説き落とさねぇとな。それが一番難しいけどな」

デニスさんは恥ずかしいのを誤魔化すように、頭をボリボリ掻いているけれど、正直私から見たらそれが一番簡単だと思う……言わないけど。

「……よかった」

安心したので緊張が解けたのか、大事な事を思い出した。

「あ、そうそう。これ、私が作った治療薬なの。お守りがわりに持っていてくれる？」

美容液を作る延長で薬師の真似事をやっていたのだ。

ちゃんと本に書いてある通りに作ったから大丈夫だとは思うけれど、ちょっと自信ないし。

使う事がないように、一種の願掛けみたいなものだ。

「へぇ！　そりゃすごい。有り難く頂くぜ」

デニスさんは嬉しそうに受け取ると、瓶の中を透かすように眺め、大事そうにポケットに入れた。

これで心置きなくハルに会いに行ける。もしハルに会う事が出来たら一緒に屋敷へ帰って、皆んなにハルを紹介したい。

「私も幸せになれるよう頑張るから！　じゃあまたね！」

これ以上一緒にいるとまた泣きそうだったから、誤魔化す為に慌ててデニスさんとお別れする。

「おう！　またな！　皆んなと一緒に待ってるぜ！」

不覚にもデニスさんの言葉にまた涙腺（るいせん）が緩（ゆる）んだけれど、ぐっと涙をこらえて笑顔で手を振ると、デニスさんは片手を挙げて見送ってくれた。


デニスさんの姿が小さくなり見えなくなると、途端に寂しさが込み上げてくる。これからは自分一人で生きていくって覚悟を決めたはずなのに。

勇気を出す為にネックレスを服の中から取り出して、鎖に通された指輪を眺めると、ハルの瞳のように澄んだ空に思いを馳せながら指輪をぎゅっと握りしめる。


そして私は青く染まっていく朝空の下、輝く朝日の光を浴びながら歩き出した。

侯爵家厨房にて（デニス視点）

お嬢――ユーフェミア様が生まれてすぐにウォード侯爵家で料理人見習いとして働きはじめた俺だったが、がむしゃらに働いているうちに、いつの間にか料理長になっていた。

エルマー程長くはないが、それでも十五年間ウォード侯爵家に仕えているから、俺の恩人ともいうべきテレンス様の事をよく知っているし、今は亡きツェツィーリア様の事もよく覚えている。

そんな俺が、大恩あるお二人の愛娘であるユーフェミア様の出奔に付き合う事になるなんて……。

ある程度予想していたとは言え、俺がその役を務めるとは思いもよらなかった。


お嬢の姿が見えなくなるまで見送ると、思わずため息が出た。

本当はお嬢が行きたいと言っていた商会まで送って行くつもりだったのに、お嬢に固辞されちまったからな……ま、仕方ねぇか。

屋敷の奴らを安心させる為に早く帰ってやらねぇと。

お嬢がいない事に気付いたジュディとグリンダが騒ぎ出すだろうし。

これからの事を考えるとちょいと気が重いが、遅かれ早かれお嬢が屋敷を出るというのは分かっていた事だし、約束もしちまったからな。

――ツェツィーリア様、貴女の夢見通りお嬢は侯爵家から出奔しましたよ。

お嬢によく似た面差しの、かつて宮廷の華と称された美しい侯爵夫人を思い出す。

優しく思いやりがあり、使用人にも傲慢不遜にならず分け隔てなく接してくれた。

屋敷の連中は全員ツェツィーリア様が嫁いで来て下さって大喜びしていたのに……。

彼女は若くしてこの世を去ってしまった。幼い娘と夫を残して。

「テレンス様も不憫だよなぁ……」

周囲が引く程娘を溺愛していた侯爵家当主。

娘の為に感情を押し殺し、望んでもいない再婚をした己の主人が、愛娘の出奔を知らされたらどう思うか……想像するだに恐ろしい。

……いや、ある意味喜ぶか？　テレンス様は早くあの母娘と縁を切りたがっていたからな。

そう言えばもう一つ懸念すべき事があった。王宮からの尋ね人に関する件だ。

以前執事のエルマーが王宮から一通の手紙を受け取った。

それは王国中の貴族へ宛てられた協力要請だった。その内容とは――。

『銀髪、紫眼の「ミア」と名乗る十五歳前後の少女を発見次第、王宮へ連れて来られたし』

勿論侯爵家の使用人の中にそんな人物はいない。そう、使用人の場合ならば、だ。

しかし侯爵家では使用人のように、不当な扱いを受けている令嬢がいる。

そしてエルマーと相談した結果、尋ね人は十中八九間違いなく——お嬢だろうと結論付けたのだ。

しかし、王宮がどのような意図を持って人を探しているのか詳細が不明だった事もあり、ジュディがお嬢を差し出す訳もなく、王宮には「該当者なし」と返信している。

今回は何とか誤魔化す事が出来たが、お嬢が侯爵家から出奔した時点で、俺達はもうお嬢を守る事は出来ない。

俺達に出来る事は、この先何事にもお嬢が巻き込まれないように祈る事だけだ。

……色々と考える事が多すぎるな。

俺は一旦頭をリセットするべく、市場へと足を向けた。

朝市で食材を仕入れた後、朝食の準備に間に合わせる為に急いで屋敷に戻る。

俺が戻ると、かなり心配していたのだろう、皆んながお嬢の様子をひっきりなしに聞いて来た。

「お嬢はちゃんと市場まで送って行ったから安心しろって」

「でも、あんな可愛いお嬢様ですよ？　人攫（ひとさら）いにあったらどうしよう……」

「変な奴に声を掛けられても、警戒せずについて行きそうだし」

「きっと、物乞いに集（たか）られたら有り金全部渡しますよ」

「…………」

皆んなのお嬢に対する認識がひどい。

「おまえらなぁ。お嬢はツェツィーリア様と違ってかなりたくましいぞ？　俺達がそうなるように鍛えただろ？」

ツェツィーリア様はちょっと世間とズレたところがあって、結構人に騙（だま）されやすい一面を持っていた。だから物事の是非などは俺達使用人がお嬢に教えたのだ。

「それは……まあ、そうですけど……」

「中身はともかく見た目が儚げだからなぁ……」

「お嬢は心配ねぇよ。とりあえずおまえら全員黙れ。おーい。これからお嬢から預かった伝言を伝えるぞー」

俺の言葉に騒がしかった奴らが一斉に黙る。何を言われるのかワクワクしているようだ。

「大好きなおめぇらが幸せになってなかったら許さない。必ず確かめに行くから首を洗って待っていろ、だってよ」

伝言を伝えると、皆んな嬉しそうに笑い合った。とてもいい笑顔だ。

「首を洗ってとか、それユーフェミア様の言葉じゃねーだろ！」

「お嬢様はそんな事言わないしー」

「でも、必ず会いに来てくれるのね！」

「いつ帰って来てもいいようにお屋敷中綺麗にしておかなくっちゃ」

「やれやれ。ハーブの様子でも見てくるか」

皆んなは表情には出さなかったが、やっぱり寂しかったのだろう。

何だかんだ言って、お嬢はこの屋敷の中心的人物だったたからな。

お嬢がいなくなって、何となく暗い雰囲気だった使用人部屋がお嬢の伝言を聞いた途端、元の雰囲気に戻り、それぞれがやる気を出しながら持ち場に戻って行く。

「お嬢がいない分、忙しくなるなぁ」

俺は使用人部屋から出ていこうとする奴らの中にいた一人に声を掛ける。

振り向いたそいつは眼鏡の縁をくいっと上げて俺の顔を無表情に見据える。

「ユーフェミア様は無駄に有能でしたから……空いた穴を埋める為にもマリアンヌ達を再教育しないといけなくなりました」

「……はは、程々にしとけよ」

ダニエラに鍛えられ、疲れ切ったあいつらが癒しを求めて甘味を強請ってくる光景が目に浮かぶ。

まあ、マリアンヌ達も何だかんだと有能だし、実際は甘いものを食べたいだけだろうが。

「ところでお嬢に頼まれた伝言な。皆んなに幸せになってほしいってやつ。俺も幸せになりたいからよ、ダニエラ、俺と結婚してくんねーか？」

俺の言葉に周りの連中がざわざわと色めき立つ。

「おいおいおいおい！　デニス！　まさかお前、まだ言ってなかったのか？」

「きゃー！　生プロポーズキタコレー！」

「え？　え？　何々？　デニスさんとダニエラさんが？　やっと？　やっとなの？」

「……長かった……。これで二人に当てられずに済むよ……」

「ああ、無意識でいちゃついていたもんな。独り身には拷問だったぜ」

周りがうるさいけど気にしていられねぇ。ダニエラの反応はどうかと様子を窺うと、何やら俯いてプルプル震えている。なんか小動物みたいで可愛いなオイ。

「……っ！　……貴方と言う人は……‼」

「ん？」

「どうして！　今！　このタイミングなんですか‼　時と場所を考えなさい‼」

ダニエラがガバっと顔を上げて怒っているけれど、涙目で顔も真っ赤だから全然怖くない。むしろ可愛過ぎて、今すぐ抱き締めてぇ。

「……悪かった。ここじゃあキスしたくても出来ねぇしな。また後で」

「バカァ――‼」

「痛ってー‼」

また後でゆっくり話そうと言いかけたのに遮られた。その上じゃがいもを投げつけて来やがった。

「おいおい、落ち着けよ」

「落ち着けるかこのバカ‼　皆んなのいる前で何言ってるのよー‼」

顔をこれ以上ないぐらい真っ赤にしたダニエラは怒りながら部屋から出ていってしまった。

あちゃー。やっちまったか。ありゃあ、落ち着くまでしばらく時間がかかるかもな。

「……やれやれ」

俺がため息をつくと、事の顛末を見ていた奴らが一斉に俺を責め立てて来た。

「ちょっとー！　やれやれじゃないでしょ！」

「あれはひどい」

「デニスさんデリカシー無さ過ぎでしょー！」

そういやお嬢にもデリカシーがどうって言われたとこだったな。

「ダニエラさん大丈夫かなぁ」

「ないわー。あれはないわー」

「女にモテるからと言って口説くのが上手いとは限らないんだな……」

「散々市場の女の子達を泣かせて来た報いじゃない？」

「……おいコラ。何好き勝手言ってんだ。俺はモテた事なんかねえよ。っていうか、なんで好きでもねぇ女の相手をしなきゃいけねぇんだよ。んなもん時間の無駄だろうがよ」

全く、風評被害もいいとこだ。

「……これだから鈍感系は」

「モテ男の余裕？　余裕なの？」

「市場の男連中全員を敵に回す発言だぞ、それ」

「ただでさえ怨嗟の目で睨まれているのに気付いてなかったとは」

そんな事言われてもなぁ。俺、別に何もしてねーぞ？

「おいデニス、早く行ってダニエラのご機嫌直して来いよ。厨房は俺達でなんとかするからさ」

副料理長のアルマンが気を利かせてくれた。ありがてぇ。

「悪ぃな。ちょっくら行ってくるわ」

ひらひらと手を振りながらダニエラの後を追う俺に、仲間達から応援のエールを送られる。

「わはは！　がんばれよー！」

「もうダニエラさんいじめちゃ駄目ですからね！」

「もういっそ振られて来ーい！」

振られる気なんかさらさらねぇけどな。ダニエラがうんと言うまで何度でも口説いてやるさ。

それに――ダニエラはプロポーズについては否定をしていない。

デリカシーとか言われてもやっぱりよく分かんねぇけど、とにかく本気で行くしかねぇ。

ダニエラが落ち着く時間を稼ぐ為、屋敷を出てゆっくり歩きながら裏庭へ向かう。

ここにいるだろうと当たりをつけた場所、裏庭に生えている樹の下にダニエラを見つけた。

――そこは俺とダニエラが初めて出逢った場所だ。

人が来た事に気付いたダニエラがゆっくりこちらに振り向いて――顔を真っ赤にしながら眼鏡の縁を両手で上げる。

ダニエラのその様子を見た俺の顔が緩んでしまったのは仕方がない。

それはダニエラが物凄く照れている時の癖だからだ。

そして俺は、ダニエラを逃がさないように抱きしめて、返事が分かっているプロポーズをもう一度やり直した。

帝国からの使者（マティアス視点）

ナゼール王国の第一王子である僕は、まもなく迎える成人の儀で王太子に任命される。そんな中、社交界では僕が婚約者を正式に決定するのではという噂や、相手についての憶測が飛び交っていたけれど、正直僕は誰でもいいと投げやりな気持ちだった——そう、グリンダ嬢と出逢うまでは。

成人の儀を二ヶ月後に控えたある時、大国であり友好国であるバルドゥル帝国から親書が届いた。バルドゥル帝国は特異な信仰を持ち、複数の民族・種族を支配下に置きながら広大な地域を領有する資源大国だ。

多種多様な文化が共存しながらも独自の文化を発展させ、伝統を保ちつつも新しい技術が次々と生まれており、今や流行と文化の発信地となっている帝国は、この世界でも有数の超大国だ。

世界中の人々から信仰を集め、多大な影響力を持つ法国と、魔法の技術革新で大国となった魔導国と、対等に張り合えるのは帝国ぐらいだろう。

一方、我がナゼール王国は気候こそ安定しているが所謂（いわゆる）農業国であり、帝国との国力差は歴然だ。

正直、いつ帝国に取り込まれてもおかしくない状況ではあるが、今代の皇帝は争いを好まない性格らしく、おかげでここしばらく両国間では良好な関係を築けている。

その帝国からの親書だ。さぞかし重要な内容だと思われたそれは、「人探し」の要請だった。

――銀髪、紫眼の「ミア」と名乗る十五歳前後の少女を保護されたし

見た目と名前以外は不明確であるものの、使用人の服を着用していた事から、王都の商家や貴族に雇用されている可能性が高い、という事だった。

平民で銀髪はそう多くないので、目的の人物はすぐ見つかるだろうと思っていたが、捜索は予想以上に難航してしまう。

王都中を探しても「ミア」という少女は見つからなかったのだ。

早々に少女を見つければ、帝国に貸しが出来ると画策していた我々は困惑する事になる。

中々いい返事が出来ない王国に痺（しび）れを切らした帝国が、後日使者を送ると通達して来たからだ。

使者が到着する前に、何とか見つけ出したい我々は、捜査範囲を王都から王国中に広げ、対象を「王都で暮らした事がある十五歳前後の紫眼の少女」に変更したのだが……。

結局「ミア」を見つけられないまま、帝国からの使者が到着した。

――マリウス・ハルツハイム。

思わぬ大物の登場に緊張が走る。

灰色の髪と目をした彼は次期皇帝と誉れ高い、レオンハルト・ティセリウス・エルネスト・バル

ドゥルの右腕と称される男だったからだ。

来賓を迎える為に建てられた迎賓館で、お互い軽く挨拶を交わした後、早速本題に入る。

どうやらこの一件は帝国側にとってかなり急務な案件らしい。

「この度は我が国の急な要請に応じて頂きありがとうございます」

マリウス殿が申し訳なさそうに眉を下げて、薄く笑う。

「いえ、我が国としましても重要な同盟国である貴国からのご依頼ともなれば、ご協力させて頂くのは当然の事。しかし王都のみならず各領地まで捜索の範囲を広げてみましたが、かの少女を発見するに至らず……誠、ご期待に沿えず申し訳ありません」

この国の宰相でエリーアスの父、アーベル・ネルリンガーがマリウス殿に残念そうに告げる。

しかし、宰相からの言葉にマリウス殿から気落ちした様子は見られなかったが、後ろに控えていた側近――もっさりとした髪の毛で顔はよく分からないけれど、その側近の彼からとても残念そうな雰囲気が伝わって来た。

（……彼も色々苦労しているのかもしれないな）

「そうでしょうね。彼女を見つけ出すのはかなり困難な事だろう、というのはある程度予想していましたから」

マリウス殿の物言いから察するに、彼は「ミア」という少女に会った事があるらしい。

「お伺いしますが、捜査の対象はどのような条件で？」

「はい、以前は『銀髪、紫眼の「ミア」という名前の、王都で使用人をしている十五歳前後の平民の少女』でしたが、残念ながら発見に至らなかった為、現在は『紫眼の「ミア」という名前の王都に滞在経験のある平民の少女』に条件を変更して捜索しています」

宰相が書類を確認しながら返答すると、マリウス殿は少し考えるような素振りをしながら言った。

「では、申し訳ありませんが対象を平民から貴族と貴族の血縁者に変更頂けますか？」

「……もちろんお望みとあれば。しかしながら理由をお聞かせ頂いても？」

「ええ。私は彼女と面識がありましてね。その時、私が見た彼女は確かに使用人の服を着用していましたが……。当時から私は違和感を覚えておりました」

「違和感、ですか？」

マリウス殿は頷いて、記憶にある「ミア」の事を我々に伝える。

「ええ、教養はかなり高く、立ち振舞いは貴族の令嬢のように気品がありました。私はその様子から、彼女は高レベルの教育を受けていたのではないか、と推測しています。ですので、彼女は元貴族の娘……若しくは何かしら貴族と縁がある家系の出であろうと思っています」

マリウス殿の言葉に、宰相も納得したように頷く。

「なるほど、承知致しました。では直ぐに手配致します」

宰相が退出の挨拶をし、部屋から出て行く様子を見届けると、僕は以前から聞きたかった事をマリウス殿に質問した。

「マリウス殿、『ミア』という少女を保護した後は、やはり貴国へ？」

「そうですね。我が国へお迎えし、丁重におもてなしさせて頂くつもりですよ」

流石に不当な扱いはされないだろうと思っていたものの、マリウス殿から言質（げんち）を取れた事に安堵（あんど）していると、彼が少し言い難そうに口を開いた。

「……ちなみにお伺いしますが、貴国で月輝石のアクセサリーを所持している貴族や商家をご存知ありませんか？」

「月輝石……ですか？　あの希少な石を持っているとなれば、社交界で噂になるかと思いますが……そのような話は聞きませんね」

「……そうですか」

心なしかがっかりしたように見えるけれど、「ミア」と月輝石に何か関係があるのだろうか……？

「それにしても……貴国がそれ程欲する『ミア』という少女は一体何者なのですか？」

核心を突く質問で少しは動揺するかと思ったけれど、その質問すら想定内だったのか、マリウス殿はにこやかに微笑んだ。

ここに女性がいれば黄色い声が上がったかもしれない。

しかしマリウス殿とは逆に、彼の背後に控えていたもっさり髪の側近は警戒を強めたのか、僕に威圧を発し掛けた、瞬間――マリウス殿が片手を上げてそれを制す。

ハッとした側近は威圧をやめて大人しくなり、一歩下がって控え直したが、もっさりとした髪で目立たない外見からは想像も出来ない程の迫力に、彼がただの側近ではないと気付く。

今は気配を薄めているが、先程の重厚な威圧の気配と隙の無い動きに、僕がこの側近はかなりの手練（てだれ）だろう、と思っていると、マリウス殿が口を開いたので、自然と意識がそちらへと向かう。

「我が国の者が大変失礼致しました。どうかご容赦の程を。ちなみに『ミア』ですが、一言で表すなら『恩人』ですね」

「……それは一体どういう……？」

——恩人。その言葉の意味を考える。何に対しての「恩人」なのか。マリウス殿の？　それとも他の誰か……？

『帝国の上層部……若しくは皇族が関わっている可能性は考えておいた方がいいだろうな』

ふと、以前エリーアスが言った言葉を思い出す。まさか皇族なんて事は……。

「我が国としましても時間が限られておりまして、貴国に無理を承知でお願いする以外方法がなく、大変心苦しく思っております。この件が無事解決した暁には、貴国へ十分な対価をお支払いすると約束致しますので、引き続きご協力頂きたい」

マリウス殿はこちらの質問に答えるつもりはないらしく、話はそこで終了となった。

帝国にとってこの件はかなり重要らしく、しかも時間が無いと来た。暫くの間は寝る間も惜しんで調べる必要がありそうだ。

後日、捜索の対象を貴族とその血族に変更し、何名かの令嬢がリストに挙がる。

その中にはユーフェミア・ウォード・アールグレーン侯爵令嬢も名を連ねているのだが……。

――王宮からの再三の召喚にも拘わらず、彼女がそれに応える事はなかったのだった。

第五章　ぬりかべ令嬢、ランベルト商会へ行く。

デニスさんと別れた私はあまり目立たないように、髪の毛を帽子の中に入れて深く被った。

まだ朝早い時間なので通行人の数はそう多くない。私は逸る心を抑えながら少し早足で歩く。

ほぼ屋敷に引きこもっている状態だったから、こうして外に出るのは随分久しぶりで、記憶とは少し違う町並みに何だかワクワクする。

（結構お店が変わってる……あ！　ハルに買ったパンのお店、すごく大きくなってる！）

ハルと出会った時、お腹を空かせていたハルに食べさせてあげようとパンを買ったけれど、そのパンを売っていたお店が当時の倍の大きさになっていた。かなり繁盛しているらしい。

あの時はゆっくり見る事が出来なかったけれど、確かに美味しそうなパンだったものね。

お店の近くを通ると、焼き立てパンの美味しそうな匂いが漂っていて、その香りに刺激されたのか、自分が空腹だった事を思い出した。

（そっか、出奔する事で頭の中がいっぱいだったから、朝ごはんを食べていないんだった）

何かお腹に入れておいた方がいいかもと思った私は、思い切ってパン屋さんに入る事にした。

そう言えばこうして自分の為にパンを選ぶなんて初めてかも。

店内には沢山の種類のパンが所狭しと並んでいて、目移りしてしまいそう。

クロワッサンは発酵バターを使って作られたらしくとても美味しそうだし、干しぶどうがたっぷり入ったブリオッシュは甘く芳醇な香りだし……。

(うわぁ。どれも美味しそうで選べないよ……！　どうしよう……)

中には初めて見るようなパンも売っていて、あれこれ買いたくなってしまう。

うーんと悩んでいると、懐かしいパンが目に入った。

(あ！　これ、あの時の……)

私が目にしたパンはハルに買った白パンで、ふっくらと丸い形をしていてとっても美味しそう。

あの時ハルが食べたパンを味わってみたくなった私は、その白パンを購入する事にした。

購入したパンを持って近くにある公園に移動すると、あまり目立たない場所にベンチを発見したのでそこに座る事にした。

こうしてパンを買ったのも、外で何か食べるのも初めてで、何だかとても悪い事をしているみたいでドキドキしてしまう。

(でも今の私は侯爵令嬢じゃないのだ。これからはこういう事にも慣れなきゃね！)

早速私は購入したパンを袋から取り出して一口食べてみる。

初めて食べた白パンは、しっとりと柔らかい食感にほんのり甘い香りが口の中に広がって、とても優しい味がした。

(ハルが食べたパンもこんなに優しい味だったのかな……だったらとても嬉しいな)

そんな事を考えながら空を見上げると、遠く高く澄みきった青い色が目に入り、ハルの綺麗な瞳の色を思い出す。

（私の事、覚えてくれているのかな……）

こうして一人になってみると、急に寂しくなって、不安な気持ちが込み上げて来た。

だからと言って、お屋敷に戻るつもりは更々無い。

一人でぼんやりしているから寂しくなるのだと思った私は残りのパンを食べてお腹を満たし、食べた物を片付けた後、気合を入れて立ち上がった。

（よーし！　そろそろお店に向かってみよう！）

パンを食べている間に丁度いい時間になったらしく、さっきまで閉まっていたお店が次々と開いていくと、まるで呼応するかのように人も段々増えていく。

街が目覚めていく様子に、活気づいて来た道を歩いていると、見覚えのある通りに出た。

遂に私はハンスさんのランベルト商会が経営する「コフレ・ア・ビジュー」にやって来たのだ。実に七年ぶりになる。

「懐かしいなあ……」

相変わらず素敵なお店で、開店したばかりだというのに、既に人がたくさん出入りしている。

それもそのはず、今では王都で一番人気があるお店なのだそうだ。（アメリ情報）

このお店は魔道具等の生活用品をはじめ、化粧品に服とアクセサリー、インテリアやアンティークの小物にキッチン雑貨等、たくさんの商品を扱っているらしい。

以前ハル達と来た時はお店の中を全部見る事が出来なかったから、そんなに色んな物を売っているなんて知らなかった。このお店だけで生活が出来る気がする。

（確かお店の奥に買い取ってくれる場所があったはず……）

人で賑わう店内に入り、陳列されている商品を楽しみながら歩く。

流石人気店だけあって、取り扱う商品はどれも魅力的だ。きっと目利きの商人がいるんだろうな。

そんな人に私の作った物が通用するか分からないけれど……。

記憶を頼りにしばらく歩いていると、目的の買取カウンターを発見する。

（あ、あった！）

見つけたのはいいけれど、実際に買い取りをお願いするとなるとちょっと怖気づいてしまう。

（駄目で元々だ！　よし！　行くぞー！）

私は心の中で気合を入れて、買取カウンターへ足を運ぶ。

カウンターには眼鏡を掛けた女の子が座っていた。てっきり年配の職人っぽい人がいるイメージだったからとっても意外だった。

……ここで合っているよね？　間違っていたらどうしようと思いながら、恐る恐る声を掛ける。

「あの……すみません」

「はーい！　いらっしゃいませー！　買い取りですかー？　どうぞこちらへー！」

店員さんの勢いに押されて、おずおずと帽子を脱いで椅子に腰を掛ける。

そんな私に店員さんはニコニコしながら話しかけて来た。

「今日はどのような商品をお持ちですかー？」

「はい、化粧水なのですが、こちらで買い取りは可能でしょうか？」

初めは緊張していた私だったけれど、店員さんがとても柔らかい雰囲気だったので、そんな緊張はすぐに解けた。優しそうな人というのもあるのかもしれない。

「ええ、大丈夫ですよー！　一度見せて頂いて問題なければ買い取りさせて頂きますー！」

よかったー。取りあえずは見て貰えるんだ。今更ながら門前払いだったらどうしようと思ったよ。

私は鞄の中から化粧水を一本取り出して見て貰う事にした。

「こちらをお願いします」

「はいはーい、ではちょーっと失礼しますよー」

店員さんが眼鏡を外して瓶の中身をじっと見つめる。

（……わあ、眼鏡を外すとすごく綺麗！　不思議な雰囲気の人だなあ）

大きめの眼鏡で顔が隠れていたから気付かなかったけれど、店員さんはとても綺麗な顔をしていたので驚いた。長い睫毛(まつげ)に縁取られた琥珀(こはく)色の瞳がとても優しそう。

店員さんの顔に見惚れていると、店員さんの目が魔力を帯びて煌めいたのに気付く。

（……あ、今「鑑定」の魔法を発動している……？）

頭の中で魔法の詠唱をしているのだろう、店員さんは無言で化粧水を見つめている。

この世界ではファイアーボールやウォーターボールのような、自然の現象を魔法で具現化する場合は声に出して呪文を詠唱する必要があるけれど、鑑定や身体強化等の自身の能力を高める魔法を使う場合は頭の中で呪文を詠唱する事で魔法が発動する——と昔本で読んだ事があるのを思い出す。

鑑定の魔法か……とても便利そうだし、これから一人で生きていくのなら使えた方がいいかもしれない。でもどうすれば会得出来るのだろう？

今更ながら、自分は魔法について本当に勉強不足なのだと再認識する。魔力量がグリンダ程多くない私が今から魔法を勉強しても、使えるかどうか分からない。

貴族の子女は屋敷に魔法の先生を招いて教えて貰うらしいけど、私はずっと働いていたから魔法を教えて貰った事がない。精々使用人の皆んなが唱えている呪文を覚えるぐらいだ。

でも折角自由になれたんだし、お義母様達からも離れる事が出来たのだから、何か新しい事をはじめるのなら今がとてもいいタイミングかもしれない。

私がぼんやりとそんな事を考えていると、しばらく化粧水を鑑定していた店員さんの目が、ふっと元に戻った。

どうやら鑑定が終わったらしく、再び眼鏡を掛ける店員さんに、あら勿体ないと少し残念に思いつつ、ドキドキしながら鑑定結果を待つ。

「……うーん」

結果を教えてくれるのかな、と思っていたけれど、何故か店員さんが黙り込んでしまったので何だか不安になって来た。

鑑定は終わったと思ったんだけど……どうしたんだろう？

やっぱり見様見真似で作った自己流の化粧水だから、鑑定結果がよくなかったのかもしれない。

化粧水を作る為の道具もちゃんとした物じゃなくてありあわせの代替品だったし……。

そう考えたら、そんなものを売ろうと思った自分がとても恥ずかしくなって来た。

(でも、品質はいいと思うんだけどなぁ……)

お義母様やグリンダ、使用人の皆んなに使っているけれど、これと言ってトラブルも無かったし。

そんな事を考えながらしばらく待っていると、店員さんがやっと口を開いた。

「……あのー。ちょっとお聞きしますけどー。この化粧水はどこかのお店で購入されたんですかー?」

「え、あ、いえ、私が作ったのですが……」

私が返事をするや否や、店員さんがずいっとカウンターから身を乗り出して私の手をガシッと握ってくる。私は何故かその事よりも、店員さんの手が意外と大きい事が気になった。

(……あれ? 結構骨太なのかな? しかもちょっとゴツゴツしているような……)

「お客さん調合師ですかー? この化粧水、どうやって調合したんですかー? 是非教えて下さいー!」

考えていた事が吹き飛んでしまうぐらい店員さんに質問責めにされてしまう。色々聞かれているけれど、どう返事しよう……。これと言って特に何もしていないんだけどな……。

「あ、あの、すみません、どうやってと言われましても……」

私が返答に困っている事に気付いた店員さんは、ハッとしたと思うと握っていた手を離してカウンターへ引っ込んでいった。

「……そうですよねー。そう簡単に調合のレシピを教える訳ないですよねー」

店員さんがしょんぼりしながら言うので、何だかとても申し訳ない気分になる。

でもなー。本当に特別な事なんてしていないから、説明出来ないんですよ……。

「あの、鑑定の結果はどうだったのでしょうか？」

とりあえず買い取って貰えるのか気になるので教えて欲しい。

「あー！　そうでしたー！　すみませんーつい興奮しちゃってー！」

恥ずかしそうに笑った後、気を取り直した店員さんが鑑定の結果を説明してくれた。

「この化粧水はすごいですねー。『若返りの水』と言われるフローラルウォーターに近い品質ですー。あ、フローラルウォーターって知ってますー？　美容に特化したポーションの総称なんですけどー。えーっと、それでですねー。この化粧水にはー……ローズ、ラベンダー、ヘリクリサム……かなー？　ハーブが何種類か入っているのは分かるんですけどー。うーん、これは精製水の質が違うのかなー？　とにかく高品質ですよー」

わあ！　高品質！　嬉しい！

使ってるハーブを言い当てるなんて、さすが鑑定魔法を使うだけあって博識な店員さんだなあ。

精製水の事も分かっちゃうんだ……それって私が水魔法で出した水だからかな……？

水を汲むのが大変だったから魔法を使っちゃっていたけど……まさかね。

「こちらの化粧水ですけどー、これ一本で二万……いえ、三万ギールでいかがでしょうー？」

「え!?」

あまりの値段にすっごく驚いた。そんなに……？

まだまだ鞄の中にあるけどどうしよう……でも一気に出すと値崩れ起こすかも？

「こちらも利益を出さないといけないのでー。これが買い取れる金額ギリギリなんですよー」

そうだよね。お店だって利益が無ければ困るものね。ここはお世話になったハンスさんのお店だし、きっと変な金額はつけないだろうから買い取って貰おう。

「じゃあ、それでお願い出来ますか？」

私が買取をお願いすると、店員さんはとても嬉しそうにお礼を言ってくれた。

「ありがとうございますー！　ではお支払いの準備をしますねー。ちなみに他にも持っていらっしゃいますー？」

店員さんに聞かれてドキッとした。どうして持っているのが分かったのだろう……？

（……まさか鑑定でそこまで分かっちゃうの？）

鞄の中に入っている化粧水も出した方がいいのかな、と思っていたら、店員さんが手を振りながら慌てて補足してくれた。

「ああ、今買い取りたい訳じゃないですよー。こちらも売れるかどうか確実に分かるまでは大量に仕入れるのはリスクがありますからー。まあ、この品質なら大丈夫だと思いますけどー。僕が知りたい事はですねー。またこの化粧水を売って貰えるかどうかー……つまり同じ品質のものを安定供給出来るかどうかなんですよー」

（なるほど、そういう事か。安定供給ねぇ……）

「同じ物でしたらいくつかありますけど、それが無くなれば作るのは難しいですね」

持って来ている化粧水は十五本しか無いので、店員さんが重視している安定供給には程遠い。

鞄の中には乾燥させたハーブもあるけれど、化粧水十本分ぐらいしか作れないだろうし。

「えー、そうなんですかー？　僕の勘ではこの化粧水バカ売れすると思うんですよねー。だからもう作れないというのは勿体ないですよー。聞いていいかどうか分かりませんけどー、難しいというのはどういう意味ですかー？　もしよければ教えて頂けませんー？　場合によっては何かお手伝い出来るかもしれませんよー」

私の作ったものが喜んで貰えるのは嬉しいけれど……。自分の身の上を説明する必要があるから悩んでしまう。でも、ハンスさんのお店で働いている人だし、思い切って相談してみようかな。

自分でもハンスさんの事を信用し過ぎだと思うけれど、七年前の恩もあるし、何より私が知っている中で唯一ハルに近い人だから、何かの関わりを持っておきたい。

私は店員さんに、家を出て来たので自分で育てたハーブが手に入らない事、旅の準備が出来たらこの王国から出て、帝国に行きたいと思っている事を伝えた。

店員さんはじっと私の話を聞いた後、うんうん唸って考え事をしていた。

「ふーん。なるほどですー。ちなみに準備にはどれくらいの時間が掛かりますかー？」

「そうですね、出来れば何処かで雇って頂いて、働いてお金を貯めながら帝国の事を色々勉強したいと思っているので、三ヶ月もしくは半年でしょうか」

私の話を聞いた店員さんがぱあっと明るい顔をしたと思ったら、再びずいっと身を乗り出した。

「だったらこのお店で働けばいいですよー！　店の裏にハーブ園あるんでー、そこでハーブ育てながら化粧水作って下さいよー！　お給金も弾みますし、何よりうちは帝国が本店ですからねー。帝国には詳しいですよー！」

何というタイミング。渡りに船とはまさにこの事？

「えっと、申し出は有り難いのですが、そう簡単に人を雇って大丈夫なのですか？　ハンスさんの許可とか必要なのでは？」

店員さんが勝手に決めていい事じゃないよね、と思うんだけど。

「あれー？　うちの親父（おやじ）をご存知でー？　僕はこのお店を任されているんでー、人を雇う権限もありますし大丈夫ですよー」

……ちょっと待ってー！　ええ!?　この店員さん、ハンスさんのお子さんだったの!?　全く気付かなかったんですけど……!!

「……あれ？　そう言えば確かこのお店は息子さんが企画したとお聞きしたような？」

（じゃあ、この店員さんは妹さん？）

「そうそうー。僕が企画したお店なんですよー。よく知っていますねー。親父から聞いたんですかー？　親父がそんな事を言うなんて、お客さんは親父とどういう関係ですかー？」

……!!　衝撃の事実!!　え!!　まさかの男の子……!?　いや、男の娘（こ）？　どっちなの!?

絶句している私に、ハンスさんの息子だという店員さんが声を掛ける。

「お客さんと色々お話ししたいのでー、ちょーっとこちらに来て貰ってもいいですかー？」

私は息子さんに誘導され、奥の部屋に向かう。何だか連行されているような気が……。

案内された部屋は七年前にも入った事がある商談室だ。

こうして一緒に歩いてみると、息子さんは普通に身長があるし、女装もしていないので、男の娘という訳ではないらしい。

中性的な顔で柔らかい雰囲気だし、声もハスキーで、椅子に座っていたから余計に女の子に見えたのかもしれない。だとしたら大変失礼な勘違いをしていたかも。

「こちらへどうぞー。今お茶を用意しますから、どうぞ座って待っていて下さいねー」

息子さんがお茶の準備をしてくれる。どうやら手ずからお茶を淹れてくれるらしい。

のんびりとした口調に反して、てきぱきとお茶の準備をする姿を見て、お手伝いは逆に邪魔だろうと思い、お言葉に甘えてソファーに座る。

部屋の中は調度品こそ変わっていたけれど、テーブルやソファー等は当時のままで、ハルやマリウスさんにハンスさんとこの部屋で沢山お話しした事を思い出す。

（……ああ、懐かしいなあ。もう七年も前になるんだ……）

昔の思い出に浸っていると、息子さんがお茶とお茶菓子を持って戻って来た。

「お待たせしましたー。お口に合えばいいんですけどー。はい、どうぞー」

「ありがとうございます、頂きます」

息子さんが淹れてくれたお茶は香りがよくて、とても美味しかった。

（……もしかしてここで働く人は全員お茶を淹れるのが上手いのかな？）

お茶を飲んで一息ついた頃に、息子さんとのお話が始まった。

「わざわざこちらまでお越し頂いてすみません。僕はこの『コフレ・ア・ビジュー』の店長兼、ランベルト商会の商品管理を担当しているディルク・ランベルトと申します。どうぞディルクとお呼び下さい」

（……あれれー？　さっきと口調が違うのですが……）

急に変わったディルクさんの雰囲気に、思わずポカーンとしてしまった。

さっきまで穏やかで、ふわふわとした雰囲気だったのに……。

口調を変えただけで、やり手の商人に変貌したディルクさんに、ハンスさんの面影が重なる。

「あ、はい、すみません！　私はえーっと、ミアと申します。どうぞよろしくお願いします」

ディルクさんは私が驚いた様子に気が付くと、苦笑いしながら説明してくれた。

「ああ、口調が変わったから驚いていらっしゃるのですね？　混乱させてしまい申し訳ありません。店頭に出る時はあの口調で喋（しゃべ）るようにしているのですよ。その方がお客様も気兼ねなく『色々』お話ししてくれますしね」

「色々」というところが何だか気になるけど、うーん確かに。

私もついつい身の上話をしてしまったし、こうやってノコノコここまで連れて来られたものね。

なるほど説得力があるなぁ。私は妙に納得してしまいうんうんと頷いた。

「その、ランベルトさんは店長も務められているとの事ですが、いつも買取のカウンターにいらっしゃるのですか？」

店長というと執務室でお店の管理をしているイメージだったので、ちょっと意外だった。

「僕の事はどうぞディルクとお呼び下さいね。それと僕は先程店長を名乗りましたが、実際は仕入れ担当みたいなものですから。世間的にはいつも店長は不在という事にして、店長業務の殆どを副店長に丸投げしているんです。売り場にいる方が好きなのも理由の一つですが」

「店長のお仕事って大変そうですものね」

実際、こんなに大きいお店で、しかも王都一の人気店の店長ともなればすごい仕事量だろうし。

「そうなのです。大変なのです。本当は肩書なんて不要だったのですが、会頭の息子が一店員だと外聞が悪いらしく……まあお飾りの店長ですね。元々親父ともそういう約束でしたし。人には向き不向きがありますからね。僕はモノを取り扱う事に特化しているので」

「鑑定の魔法を会得されていらっしゃるなら適任ですね」

「だとしたら嬉しいですね。確かに僕にとっては天職かもしれません。仕入れに行くのも楽しいのですが、買取カウンターにいると貴重なものだったり珍しいものだったり、思わぬ出会いがありますからね……今日のように。それが楽しくてやめられないのですよ」

ディルクさんが私を見てにっこりと微笑む。

その笑顔はハンスさんと雰囲気がそっくりだった。本当に親子なんだ。

「ところでミアさん。改めまして、うちの親父とはどのような関係ですか？」

突然の質問にお茶を零しそうになる。まさかの不意打ちー！

「いや、関係と言われましても……」

言い淀む私の様子にディルクさんは目を細めて射抜くように見つめて来た。

先程とは違い、まるで私自身を鑑定されているような気分になる。ディルクさんは眼鏡を外していないし、大丈夫なのは分かるけれど。

「親父はあれでも会頭ですからね。余程の人間じゃないと簡単に会ったりしません。それに僕の事もご存知だったでしょう？　あの親父がそう簡単に内部の事を漏らすとは思えませんし。だから僕としましては、貴女にとても興味がありまして」

「教えてくれますよね？」と、拒否権はありませんと言わんばかりの笑みで迫るのはやめて欲しい。

これと言って隠す事でもないので、仕方なく七年前の事を簡単に説明する。

もちろん私が貴族だという事は内緒で、使用人目線だ。

「限定の香水をお求めにお越しになった時、親父が融通してご購入頂いた、と。……うーん」

ディルクさんが考え込んでしまった。取り敢えず余計な事は言わず黙って待っていよう。

「その同伴されたハルという少年は余程お得意様のご子息みたいですね。まさかあの親父が、ねぇ……なるほど」

色々疑問は残るようだけど、何とかディルクさんは納得してくれたらしい。よかったよかった。

「親父の件は分かりました。お話し頂きありがとうございます。それでミアさん、先程の雇用の件ですが、如何でしょう？　我が商会で働いてみる気はありませんか？」

そうそう、ここに来た本題はその事だった。正直忘れていましたよ……。

「私にとって、とても有り難い申し出なのですが、調合出来ると言っても本を見ながらの独学で自己流ですし、ご期待に添えるかどうか……」

正直ここで働きたいと思うけれど、高度な要求に応えられるようなスキルは持っていないし。

……掃除洗濯料理は得意なんだけど。

「ああ、そんなに難しく考える必要はありません。今日見せて貰った化粧水と同等の品質を維持してくれれば、独学でもなんでも結構ですよ。それに当店は様々な職人と契約していますし、その方々と交流すれば勉強になりますよ。きっとミアさんの世界も広がるのではないかと」

そこまで言って貰えるのならお願いしよう。これからも勉強出来る環境があるのはとても有り難い。知識は力なりと言うものね！

「是非、お願いします！　ここで働かせて下さい」

私が決意してお願いすると、ディルクさんはホッと安堵したように微笑んだ。

「よかったです、金の卵を逃したらと思っていましたので安心しました」

金の卵なんて大げさだけど、雇って貰えたのなら、早く役立てるように精一杯頑張ろう。

そこで私は大事な事を忘れていた。今の私は逃亡者……いや、家出人？

とにかく、私がここで働く事は他言無用でお願いしなければ。

私の事を内緒にして貰いたくて、ディルクさんに酷い男と無理矢理結婚させられそうになったので、全力で逃げてきました……と説明した。

私の話を聞いたディルクさんはとても憤慨し、ならば、と協力してくれる事になった
「お金の為に娘を差し出すなんて……！　分かりました。ミアさんの存在をなるべく知られないよ

うに配慮させて頂きます」

「ありがとうございます！」

ああ、よかった……！　ほとぼりが冷めるまでお言葉に甘えさせて頂こう。


その後、私はディルクさんと契約の話を進め、かなりの好条件で雇って貰える事になった。

私に与えられたお仕事は、化粧水や美容液などの女性用スキンケア商品の作製だ。

そして通常のお給金とは別に、私が作った商品の販売数によって、純売上高から原価を差し引いた金額の三割が手当として支払われるそうだ。お給金だけだと思っていたからとても有り難い。正直お給金だけでも十分高額なので、ちょっと気が引けてしまうけれど。

ちなみにお屋敷で働いていた時のお給金はほとんど手付かずで残している。何が起こるか分からないこのご時世、なるべくお金を使いたくなかったのだ。でもこれで帝国へ行く為の資金は無事調達出来るので一安心。

後は帝国について色々調べる事の他に、魔法やハーブについても、もっと勉強したいな、と思う。

このお店の裏にはバラやハーブが植えられている庭があるらしく、その庭の一部を自由に使っていいとディルクさんから許可を貰ったのだ。

お屋敷で植えられなかったハーブをここで育てる事が出来るし、作ってみたいと思ったものの、作る事が出来ずに諦めた、新しい化粧水にチャレンジ出来るのはとても嬉しい。

（それに化粧水のようなスキンケア商品だけじゃなく、何か新しい商品も作りたいな……！）

ハル以外の人との結婚が嫌で逃げ出した私だけれど、突然降って湧いた幸運な環境の変化に、つい気分が高揚してしまったのだろう、頭の中に色んなアイデアが浮かんでくる。

今の私はこれまでやった事がない、新しい事がやりたくて仕方がない。

早速明日からお仕事だ。とっても楽しみでワクワクする。

ちなみにこの商会には従業員用の寮があるそうで、住む場所が決まっていない私は大変助かった。王都は治安がよく、生活するにはとても便利な場所なので誰もが住みたがる。だから、部屋を借りようと思うと、かなり高額になってしまうと聞いた事がある。

ディルクさんの話では、寮の部屋代は相場の半額以下に設定しているらしい。とても高待遇な条件に、この商会は本当に従業員を大切にしているんだな、という事が伝わってくる。

(そんな商会を作ったんだもんね。やっぱりハンスさんってすごい人だったんだ……)

そのハンスさんは今、帝都のお店にいるらしく、二、三ヶ月後には王都にやってくる予定なのだそうだ。その時、ハンスさんにハルの事を聞いてみようと思う。

屋敷を出たその直後に好条件の就職先が決まったのは本当に幸運だった。神様に感謝せねば。

ランベルト商会来客室にて（ディルク視点）

ナゼール王国の王都にある「コフレ・ア・ビジュー」という名の店が僕の店だ。ちなみに店名には「宝石箱」という意味がある。

まあ、正確には親父の店でもあるけれど、普段親父は帝都の本店にいて不在なので、あながち間違ってはいないだろう。

鑑定魔法が使えた事もあり、僕は商会で取り扱う商品の仕入れや管理を任されている。

職人が手がけた工芸品や、珍しい魔道具。貴重な宝石を使った装飾品に美術品……。

そんな高級品ばかり取り扱うかといえばそうではなく、普段遣いに便利な日用品や雑貨など、取り扱う商品の幅はかなり広い。

店で販売するのは厳選した商品ばかりなので、実際品揃えがよく質も高いとお客様からは高評価を得ており、今では王都で一番の人気店と言われるまでになった。

店長という肩書があっても自分に経営センスは皆無なので、その辺りは副店長に任せっきりだ。

副店長のおかげで、毎日気楽に商品の仕入れや手入れが出来て助かっている。

だから僕の定位置は、店長の執務室ではなく買取カウンターだ。

ここでは日々、ありとあらゆる品が持ち込まれ、珍しい品に出会える機会が多く大変楽しい。

中には粗悪品を持ち込んでくる輩もいるけれど、僕の鑑定魔法を誤魔化す事は出来ない。

これでもかなり希少である上級の実力なのだ。

しかし仕入れや買取以外にも重要な役割がある。それは情報収集だ。

僕の容姿は人を油断させるらしく、更に意識して口調を変える事で、人々は僕に対する警戒を解いて、色んな話を聞かせてくれる。

天候から近所の猫の話に嫁への愚痴、物価の話等……他愛もない話が多いけれど、集めた情報を取捨選択する事で、ただの噂話が有益な情報に化ける場合がある。

その情報を元に仕入れの量を調整したり、新商品のアイデアが出たりと、人の噂話は中々侮れないものだと実感する。


そして今日もいつものように僕は買取カウンターにいた。

すると僕より少し年下らしい少女がカウンターの方へやって来た。

別に年頃の少女が買取依頼をする事自体は珍しくないけれど、その少女の佇まいや雰囲気が、僕の商人としての勘に超反応した。

——この少女は只者じゃない、と。

僕はいつもの笑顔と口調で少女をカウンターへと導く。

帽子を脱いだ少女は、近くで見ると予想以上に綺麗な顔をしていた。

まるで少女自体が芸術品のようだ。

そんな少女が買取を依頼するものとは何か、すごく興味が湧いてくる。

「化粧水なのですが、こちらで買い取りは可能でしょうか？」

その妖精のような少女が出して来たのは小さい瓶に入った化粧水だった。

澄んだ色合いの品に期待が高まり、早速鑑定魔法を発動させると、驚くべき結果が脳内に浮かんで戦慄（せんりつ）する。

――これは……！「美容液のエリクサー」と称される、美容特化の上級ポーション!?

こんなものをこの少女は一体どこから手に入れたんだろう……!?

つい考え込んでしまった僕に、少女が困惑している気配がしたので、慌ててこの化粧水の出処（でどころ）を聞くと、まさかの返答が。

（この少女がこの化粧水を作った……だと!?）

その事実に興奮した僕はつい彼女の手を握りしめ、我を忘れてその製法を問い詰めてしまった。

「お客さん調合師ですかー？　この化粧水、どうやって調合したんですかー？　是非教えて下さいー！」

……自分でもドン引きである。

「あ、あの、すみません、どうやってと言われましても……」

少女の困った声にハッと我に返る。いかんいかん。

鑑定の結果を聞かれたけれど、正直に話していいものかどうか戸惑った。

……これはそう簡単に世に出ていい物じゃない。

下手をするとこの少女の身が危険にさらされる可能性も……。

うーん。どうやって誤魔化そうか。

とりあえず少しランクを落とした鑑定結果を伝えよう。金額は多めにして。

「こちらの化粧水ですけどー、これ一本で二万……いえ、三万ギールでいかがでしょうー？」

この金額で納得してくれたらいいんだけど……！　本当は桁が違うんだけど……！

いつもは正直に査定価格を伝えるようにしているから、良心の呵責(かしゃく)がすごい。

「え⁉」

少女が金額を聞いて驚いている。しまった……！　安く言い過ぎたか⁉

しかしフローラルウォーター並って言っちゃったしなー。ここで鑑定内容を覆(くつがえ)すと信用が……。

「こちらも利益を出さないといけないんでー。これが買い取れる金額ギリギリなんですよー」

もうやけくそだ。ここは強気に出るしかあるまい。

断られたら何とか別のアプローチで攻める事にしよう。

「じゃあ、それでお願いできますか？」

僕の葛藤(かっとう)をよそに、少女はあっさりと了承してくれた。天使か……⁉

自分で言うのもアレだけど、もうちょっと疑うとかした方がいいのでは、と心配してしまう。

だが、まだこれで終わらせる訳にはいかない！　何とかこの少女を我が商会に引き込まねば！

「ありがとうございますー！　ではお支払いの準備をしますねー。ちなみに他にも持っていらっしゃいますー？」

　さり気なく話の流れを変えていく。この仕事で培った話術を今ここで活かすのだ！

「ああ、今買い取りたい訳じゃないですよー。こちらも売れるかどうか確実に分かるまでは大量に仕入れるのはリスクがありますからー。まあ、この品質なら大丈夫だと思いますけどー。僕が知りたい事はですねー。またこの化粧水を売って貰えるかどうかー……つまり同じ品質のものを安定供給出来るかどうかなんですよー」

　押しすぎても駄目だろうから、少し引き気味に言いつつ情報を引き出していく。

　化粧水の情報以外にも親父の話題が出たのには驚いたけど。

　少女が雇用の話に乗り気になったところで、ダメ押しに親父を引き合いに出して、ちょっと強引に奥の部屋へ案内する。

　この部屋から出る時、君は晴れてうちの従業員だ。逃がすものか……！

　僕はいつもの口調を元に戻し、自己紹介をする。

　初めは態度の変化に驚いた少女だったけれど、すぐに慣れたようだ。

　……案外肝が据わっているのかもしれない。

「あ、はい、すみません！　私はえーっと、ミアと申します。どうぞよろしくお願いします」

　ミアと名乗った少女は、七年前に発売した限定商品を購入する為に来店したらしく、その時親父と会ったそうだ。

　その当時、確か僕は仕入れの為に彼方此方（あちらこちら）と走り回っていて不在だったっけ。

しかし親父をよく知っている僕はその話を聞いて驚いた。僕は親父からあの香水の試供品を提供したとは聞いていない。あれはただの試供品ではなかったはず。それなのに……。

その時ミアさんと一緒にいたという「ハル」とは一体何者だ？

親父がその件を僕に話さなかったところを見ると、かなり高位の貴族かもしれない。

しかしそんな名前の貴族令息は記憶に無い……という事は渾名か……？

そう考えると思い当たる人物が一人だけ思い浮かぶ。

（しかしその方は……まさか……‼）

もし僕が想像した通りの人物が「ハル」なのだとしたら辻褄が合う。

――どうやらこのミアという少女は僕の予想以上の人物だったらしい。

しかし「ミア」という名前がやけに引っかかる……なんだっけ？

……あ！　確か少し前に王宮から捜索依頼が出されていた一件の……？

きっと彼女があの「ミア」本人だろう。全ての条件に当てはまる。

しかしその捜索依頼は確か取り下げられたはず。ならばこちらに非はない……か。

それにもし彼女の言う「ハル」が、あの方なのだとしたら、彼女はここで保護しておいた方がいいだろう。

決断した後は早かった。

僕は考えうる高待遇でミアさんを勧誘した結果、見事彼女を雇用する事に成功する。

もちろん、買取価格の差額分は給金に乗せる形でお支払いさせて頂こう。

ミアさんが働く場所は研究棟になるので、きっとあの娘は喜ぶだろう。

心の中で喜んでいた僕に、ミアさんが申し訳なさそうに、こっそりと願い事を言って来た。

その内容を聞いた僕は見知らぬ彼女の親に怒りを覚える。

酷い男と無理矢理結婚させられそうになったので、全力で逃げて来ただと……？

こんな可愛い少女が政略結婚の犠牲になるとは理不尽な世の中だ。

「お金の為に娘を差し出すなんて……！　分かりました。ミアさんの存在をなるべく知られないように配慮させて頂きます」

「ありがとうございます！」

ミアさんは心の底から安心したように微笑んだ。

その顔を見て僕はこの笑顔が曇らなければいいな、と思う。

それによく考えれば、彼女の存在を秘匿（ひとく）するという事は商会の為になるのではないか？

彼女の作る化粧水は社交界で噂の的になるだろう。

もし貴族が彼女に目を付ければ、軟禁状態で死ぬまで化粧水を作らされるかもしれない。

そう考えた僕は、ミアさんとの契約が終わった後、すぐに全従業員へ箝口令（かんこうれい）を敷いた。

我が商会の優秀な作業員達はきっと秘密を守ってくれるだろう。

（――――さあ、これからはもっと忙しくなるぞ！）

普段神に感謝した事はないけれど、彼女と出会えた幸運には感謝しないといけないな……と、自分でもらしくない事を思った

第六章　ぬりかべ令嬢、ランベルト商会で働く。

素晴らしい朝が来た。希望の朝だ。

私はいつもの癖で、今日も日が昇る前に起きてしまった。

でも目覚めた場所は侯爵家の屋根裏部屋ではなく、ランベルト商会従業員用の寮の一室だ。

いつもと違う、綺麗な部屋で目覚めた私は、一瞬何処にいるのか分からなかった。

——ああ、本当に私は屋敷を出たんだな、と改めて実感した。

昨日ディルクさんと雇用契約を結んだ後、ディルクさんはお店の裏手にある寮に案内してくれた。

予想以上に綺麗で広い部屋に、本当にここに住んでいいのかと気後(きおく)れしてしまう程だった。

寮は三階建ての建物で、一階は厨房・食堂の他に団らん室と管理人室がある。

二階は男性従業員、三階が女性従業員の部屋となっている。部屋は二人一部屋でお風呂・トイレ付き。今の私は同室者がいないので一つの部屋を一人で使わせて貰っている。

寮の家賃や食費は給金から天引きだけれど、近くで部屋を借りるよりお安く設定されている。

昨日は流石に疲れていたらしく、荷物の整理をしないまま眠ってしまったので、顔を洗った後で身の回りの荷物を簡単に片付ける。

備え付けのクローゼットは大きめで、私の荷物を入れてもまだまだ余裕があった。

私は髪の毛を一本の三つ編みにしてからくるくると結い上げて、簡素なワンピースに着替える。

身だしなみを整えると、まだまだ朝食まで時間があったので、何となく一階へ降りて行く事にする。

廊下を歩いて食堂へ向かうと、パンが焼けるいい香りが漂ってくる。

いい香りに誘われて食堂を覗くと、料理人の人達が朝食の準備をしている姿が目に入った。

「おはようございます」

驚かせないように挨拶すると、それに気付いた人達が挨拶を返してくれた。

「おはよう。随分早起きだねぇ。もうお腹が空いたのかい？　今準備しているから、もうちょっと待っていて頂戴ね……ってあら？　あんた、見ない顔だねぇ。ああ、例の新人さんかい？」

食堂にいた年配の女性が声を掛けてくれた。

その声を聞きつけ、他の人達も集まって来たので慌てて自己紹介をする。

「今日から働く事になりましたミアと申します。どうぞよろしくお願いします」

ペコリと頭を下げて挨拶すると、皆さんも自己紹介を交えた挨拶を返してくれた。

フリッツさん、ヤンさん、フーゴさんの三人が料理担当、エーファさん、ニーナさんの二人が配膳や片付けの担当で、合計五人で食堂と厨房を回しているらしい。

せっかくなので、何かお手伝い出来る事がないか聞いてみる。

「もしよければ何かお手伝いさせて頂きたいのですが……」

私が申し出ると、人手が足りないから助かると喜んでくれて、少しだけお手伝いする事になった。

「担当じゃないのに悪いねぇ。でも助かるよ。早速だけどテーブル拭いてくれるかい？」

「はい、分かりました」

私は飴色のテーブルを拭いて回り、各テーブルにクロスを掛け、それぞれの席にカトラリーを並べて……と準備をしていった。

お屋敷でやっていた事とあまり変わらないから身体が勝手に動いてしまう。

そんな私の様子を見ていたエーファさんとニーナさんが「随分手慣れているねぇ」と褒めてくれたので、「以前働いていた職場でもやっていましたから」と言うと、感心したように納得してくれた。


一通り準備が終わり、落ち着いたところでカーテンを開けて空気を入れ替える。

朝特有の澄んだ空気が気持ちいい。

ふと外を見ると綺麗な庭が目に入った。

昨日通ったはずだけど、暗かったし慌てていたので、庭を見る余裕が無かったのだ。

よく手入れされている庭には赤や白、ローズピンクに、オレンジがかったピンク……。

さまざまな色合いのバラとハーブが植えられていて心がときめく。

緑の生垣の向こうには離れっぽい建物があり、壁一面に蔓バラが絡まるように咲き誇っていて、とても素敵。

王宮のバラ園も綺麗だったけれど、こちらの庭は自然が溢れている感じがする。

うっとりと庭を眺めていると、向こうから男の人がゆっくり歩いてくるのが見えた。

朝の散歩かな？　と思い窓から覗いていると、その人は朝の空気を胸いっぱいに吸い込んで、感極まったように言った。

「ああ、なんて清々（すがすが）しいんだ……そう、僕が」

そして何処からか鏡を取り出して、髪をかき上げながら自分の顔をうっとりと眺める。

「今日も僕は美しい……ああ、なんて完璧な美しさだ。美の女神に愛されてしまった僕に、きっと世界がヤキモチを焼いてしまうかもしれないな……」

その男の人はよく通る声をしていて、少し離れているのにここまで声が聞こえてくる。

「おやおや、相変わらず自分が大好きだねぇ。あの子は店の従業員で服飾を担当しているジュリアンだよ。見ての通りナルシストで美しいものが大好きなのさ。変わりもんだけどセンスは優れていてね、ジュリアンがコーディネートするとまるで別人のように綺麗になるって評判らしいよ」

「ほえ～……」

思わずドン引きしている私に、ニーナさんが苦笑いをしながら教えてくれた。

何だかすごい人だなあ……。服飾担当なら普段はお店だから、あまり私と接点はないのかな。

才能がある人は変わった人が多いというのは本当なのね。

そう思いながらジュリアンさんに視線を戻すと、今度は赤バラに顔を寄せて薫（かお）りを楽しんでいるご様子。

「はは、こんなに赤くなって……僕に照れているのかい？　それとも僕の美しさに嫉妬（しっと）しているのかな？」

……ここまで来ると逆に清々しく思う。別の意味で。


準備している内に朝食の時間となり、人が食堂に集まって来た。

その中にディルクさんがいるのを発見。もしかしてディルクさんも寮住まい……？

思わず眺めているとディルクさんが私に気付き、にっこり笑いながら手招きされる。

何だろうと思いながら傍まで行くと、ディルクさんが食堂中に響き渡るような大きな声を出した。

「はーい皆さんちゅうもーく！　今日から商品開発部に配属される事になったミアさんでーす！

皆さん仲よくして下さいねー」

ディルクさんがそう言うと一斉に「はーい！」「よろしく！」と返事が返って来た。

嬉しいけれど、突然紹介されてびっくりした。

あわあわしているとディルクさんが「ほら、挨拶して？」と促すので、沢山の人に注目される中、
何とか自己紹介と挨拶をしたけれど……せめて心の準備がしたかった……。

「各々(おのおの)への紹介は時間がかかるからまた後で。お店の各売り場にも案内がてらミアさんを連れて行くからよろしくー」

ディルクさんは食堂にいる全員に声を掛けると、私を端っこのテーブルへと誘導した。

テーブルには焼き立てのバター・クロワッサンにチーズが入ったスクランブルエッグ、ハーブソーセージにシーザーサラダが用意されていて、どれもすごく美味しそう。

「食べながらで悪いけど、今日の予定を説明するね」

ディルクさんの話では、午前中に「コフレ・ア・ビジュー」の店内を順番に見て回って、どんな商品を取り扱っているかの確認と、人気商品の把握、通いで来ている人達への挨拶、午後から商品を開発・研究している場所に行って、作業する上での注意点などの説明を受ける……と説明された。

今日一日で覚える事が多過ぎて大変そう……でも頑張る……！

その為にはまずエネルギーが必要だ。栄養も摂らないとね！

私は目の前の料理をウキウキしながら平らげた。もうペロリと。

ちなみにバター・クロワッサンは絶品でした。


朝食を食べた後、髪の毛を帽子に入れて深く被った私は、早速ディルクさんにお店へと連れて行かれ、売り場案内兼挨拶回りをした。

店員さんはどの人もとても親切で、たくさん応援の言葉を掛けて貰い、とても嬉しかった。

意地悪な人がいたらどうしようと思っていたけれど、いらない心配だったみたい。

どうやらここで働く人達は全員、このお店で働く事に誇りを持っているようだ。

だから意地悪をして店の雰囲気を悪くする人が許せないらしい。

過去には意地悪な人が何人かいたらしいけれど、そんな人は自然と辞めていくので、人間関係はとてもいいそうだ。

そして化粧品を取り扱うフロアーへ。

これからは私も深く関わる事になるフロアーなので、ゆっくり商品を見せて貰う。

このフロアーを担当しているのは、アメリアさんという名前で、赤い髪に緑の瞳をした美人なお姉さんだ。スタイルもよく、スラッとしていて格好いい。

アメリアさんのメイク技術はすごいらしく、まるで別人のように仕上げる事が出来るそうだ。

（……一度その技術を拝見させて貰えないかな）

接客が終わったアメリアさんに、ディルクさんが私を紹介してくれた。

ちなみにディルクさんはお店の中だからと、口調は店員さんモード（？）になっている。

「こちらのミアさんにはー、商品開発部で化粧水を作って貰う事になっているんですよー。今後の為にも、アメリアさんには色々と彼女にアドバイスしてあげてほしいんですー」

「まあ！　こんな可愛らしい女の子が商品開発部？　何だか勿体ないわ。ねえ、あなた私と一緒に売り場で働かない？」

有り難いお言葉だけれど、人と接する仕事よりも、今はものづくりをしたかったので、丁寧にお断りをした。それに忘れがちだけど、今の私は逃亡中だ。出来れば人の目に入らない場所でひっそりと仕事をしたい。

「あら残念。でもあなたの作る化粧水を楽しみにしているわ。一番に使わせてちょうだいね」

「ありがとうございます！　その時は感想を聞かせて下さいね！」

アメリアさんに楽しみと言われて有頂天になる。ちょろいな私。でも嬉しい！

他にもアメリアさんは化粧品の事を分かりやすく説明をしてくれたり、人気の色を教えてくれたり……。私とたくさんお話ししてくれた。

そんな彼女は見た目も中身もとても素敵な人だった。


アメリアさんと別れ、次に向かったフロアーは、服や小物などを取り扱っているフロアーだ。

さすが流行の発信地と言われる帝国に本店がある商会だ。どれもお洒落ですごく素敵。

社交界の煌びやかなドレスより魅力的に見える。

私が感心するように眺めていると、朝見かけたジュリアンさんがいた。お客さんとお話ししているところらしい。

「このロングスカートはしっかり防寒してくれますから、とても暖かいですよ。足元にはこちらのショートブーツがおすすめです。スカートにボリュームがあるので、上着はタイトなシルエットのものがいいですよ。例えば――」

（……あれ？　意外とまともな接客をしている……？）

お客さんもジュリアンさんの提案に、顔を真っ赤にしてコクコクと頷いている。

おすすめされた商品は全てお買い上げされるらしい。

接客を終えたジュリアンさんに、ディルクさんが声を掛けた。

ジュリアンさんが振り向くと目が合ったので、ペコリとお辞儀をする。

ジュリアンさんの顔を初めて正面から見たけれど、明るめの茶色の髪の毛に茶色の瞳をしている。

てっきり金髪だと思っていたけど、光の加減で金髪に見えていたらしい。

……なるほど、確かに自画自賛するだけはあるな、と思う程綺麗な顔をしていた。

そんなジュリアンさんが私に挨拶をしてくれたのだけれど――

「わいジュリアンいうねん。よろしくやで」

――すっごく訛っていた。

ジュリアンさんの様子にディルクさんが苦笑いをしながら教えてくれた事によると、ジュリアンさんは気を抜くとつい出身地の訛りが出るらしい。

「いやー、メッチャ可愛かったからびっくりしたわ。うちのモデルやって欲しいぐらいや」

「こら！」

「分かってるってー。モデルはしゃーないけど、服が欲しかったらいつでも来てや。見繕ったるからな」

「はい！　その時は是非お願いします」

でも、訛りがあるジュリアンさんはとても話しやすかった。そんな彼に親近感が湧く。

「あの、朝の庭で私ジュリアンさんを見かけたんですけど、あれは……」

訛りの事もあるけれど、今のジュリアンさんと随分印象が違うので、思わず聞いてみた。

「ミアさんアレ見てたん？　照れるなあ。アレはわいの朝の日課でな。自分に自信持たせる為にやってんねん。それとセンス磨きや」

アレを毎朝やっているんだ。それに自信とセンス……？

「わいは服を売るだけやのうて、お客さんの魅力を引き出す手伝いもしとるんや。自分に魅力無かったらそんなん出来へんやん？　自分に自信ある人間て魅力的やろ？　せやからああやって自分に自信つけてるんや。まあ、わいが美しいのは自明の理やけどな」

な、なるほど……！

そう言えばこのお店の人達それぞれがとても魅力的だった。だからこのお店は活気があって人気なのだろう。いい商品があっても、それを売る人が自信を持っていなければ買う方は大丈夫かと不安になるものね。

（……私もいつか自分に自信を持てるようになりたいな）

「じゃあ、センスは？」

「センスなぁ。ここのバラ園ってメッチャ自然な感じやん？　自然の中におると色んな感覚が刺激されてな、センスが磨かれるんや。例えば色やな。自然の配色ってメッチャ参考になるねんで」

ジュリアンさん曰く、一本の花からでもいろんな色を見つける事が出来て、その配色パターンは服や小物の色を決めるのにとても参考になるらしい。

（うわー……勉強になるなあ）

私も花やハーブは好きだけれど、そんな観点から見た事がなかった。

しばらくジュリアンさんと話をしている内に、すっかり打ち解けてしまい、ジュリアンさんへの認識が変人からちょっと変わった人にチェンジした。

お店の各フロアーを回り終わった後は、昼食を摂ってから商品開発部へ行く予定だ。

裏口を出ると、従業員の寮と庭があり、寮へ行くには庭を通る事になる。

食堂は庭に面しているので、庭にいると昼食の準備をしているのだろう、料理のいい匂いが漂って来た。


美味しい昼食を頂いた後は商品開発部へ。これからそこで働くのだと思うとドキドキする。

商品開発部はお店の中にあると思っていたけれど、別の場所にあるらしい。

ディルクさんと庭に出ると、朝に見た蔓バラに覆われた建物の前へ連れてこられた。

近くで見ると、ちょっと古そうなレンガ造りの建物で、蔓バラが小窓を縁取ってとても可愛らしい。おとぎ話に出てきそうな雰囲気だ。

するとディルクさんが建物を差して言った。

「ここが商品開発部がある研究棟だよ」

(へ……ここが……?)

どちらかというと武骨な倉庫っぽい場所をイメージしていたので意外だった。

モールディング装飾された重厚な扉を開けると、軽やかで優しい音色のドアベルが鳴った。

すると奥からトコトコと小さい女の子が歩いて来た。わあ! 可愛い!

失礼ながらこの商会の雇用基準は顔ではないかと疑ってしまう。

……皆さん優秀だというのは十分理解しているけれど。

「やあ、マリカ。お待ちかねの新人さんだよ」

マリカと呼ばれた女の子は銀に近い白髪で赤い目をしている。

肌は透き通るように真っ白でとても可愛い。身長は私より頭一つ分低い。

「マリカはこの商品開発部の部長でね、魔導具開発の天才なんだ」

魔道具と聞いて、先日出会ったワイエスさんを思い出した。彼も魔道具の効率化を図る新しい術式を開発していたっけ……。

魔道具を開発するには魔法に対する深い造詣が必要になる……という事は、マリカさんも多種多様な魔法を理解しているという事だ。

すごい！　こんなに可愛くて天才だなんて……！　そんな人と一緒にお仕事出来るなんて……！

うわぁ、緊張するなあ……。

「私はミアと申します。精一杯がんばりますのでご指導ご鞭撻の程、よろしくお願い致します！」

つい硬い口調の挨拶になってしまったのは許して欲しい。

「……ん。マリカ」

「…………」

（……あれ？　終わり？　まさかの無口キャラ⁉）

まさかここで出会えるなんて。マリアンヌが喜びそう。よく無口キャラの魅力について熱く語っていたものね。

「ははは。マリカはちょっと寡黙な女の子でね。誤解されやすいけれど、とてもいい子だから仲よ

くして欲しいな」

「はい！　勿論です！」

むしろこちらからお願いしたい。お屋敷では年上ばかりだったから嬉しいな。

マリカさんは私の顔をじっと見た後、「こっち」と言って奥へ案内してくれた。

研究棟の中は天窓から差し込む光でとても明るい。

テーブルの上には山積みになった本や紙の束、用途がよく分からない器具などが。

うーん、まさに研究室って感じ！

「マリカさんはどんな魔道具を作っているのですか？」

「色々」

「マリカ、それじゃあ分からないよ。ミアさん、マリカが作った魔道具は多種多様でね。分かりやすいのは入って来た時に鳴ったドアベルかな」

「ドアベルが魔道具なんですか？」

「うん、そう。さっき鳴った時はただのベル音だったでしょう？　これは僕達に害意が無いからだよ。もし害意がある人間が来ればすごい音が鳴るようになっているんだ」

「すごい！　魔道具でそんな事が分かるんですか⁉」

「分かる」

どことなく自慢げなマリカさんにほっこりする。しかし自分の語彙力が皆無なので、すごいとしか言いようがないのが怨めしい。もっと他の表現は出来ないかしら。

でも一体どんな術式を使えばそんな事が可能なんだろう……？

きっと凡人には分からない理屈なんだろうけど……はあ、すごいなぁ。

研究棟でマリカさんとはお会いしたけれど、他の人が見当たらない。

もしかしてここはマリカさん一人だけなのだろうか
「ディルクさん、この研究棟に他の方はいらっしゃらないのですか？」

「ああ、勿論他にもいるんだけど。ちょっと待ってね」

そう言うとディルクさんは奥の方へ向かって大きな声を出した。

「おーい！　リク！　起きろー！」


「……んあ～？」

ディルクさんが声を掛けた後、奥の部屋から寝ぼけたような返事が返って来た。

どうやら奥の方には仮眠室があるらしい。

しばらくすると奥の部屋の扉がぎぎぃと音を立てて開き、のっそりと何かが出て来た。

のっそり出て来たものをよく見ると、ボサボサの髪の毛をした男の人だった。

「ん～？　何～？　呼んだ～？」

リクと呼ばれた人（？）は頭をボリボリと掻きながらあくびをしている。どうやらまだ眠り足りないらしい。

「リク、いつ寝たの？」

何だかのんびりとした口調の人だなぁ。顔が髪の毛で隠れてよく分からないけれど、声からして若い人のようだ。

「ああ、ごめんねミアさん。彼はリクと言って、ここのメンバーなんだけど、開発ではなくて修理や補修を主に担当しているんだ。ほら、リク。新人のミアさんだよ。挨拶して」

「リクです～。よろしく～。明け方まで修理してたからさ～。こんなカッコでごめんね～」

「いえ、遅くまでお疲れ様でした。私はミアと申します。どうぞよろしくお願いします」

リクさんは魔道具はもちろん、美術品や絵画など幅広く補修出来るらしい。

言わば修理のスペシャリストなのだそうだ。

「それから後もう一人いるんだけど……マリカ、ニコ爺知らない？」

「納品。もうすぐ帰る」

「ああ、そう言えば今日だったたっけ」

ディルクさんとマリカさんが話していると、ドアベルが軽快な音を鳴らして誰かが入って来た。

（本当だ！　さっきと音色が違う！）

「ふぉっふぉっふぉ。誰かと思えばディルクの坊っちゃんじゃないか。おや？　随分めんこいお嬢さんと一緒じゃのう。遂に恋人が出来たのかの？」

「ニコ爺！　誤解されるような事を言わないで下さい！　彼女は新人のミアさんですよ。昨日連絡していたでしょう？　後、坊っちゃんはやめて下さい」

丁度いいタイミングでニコ爺という人が帰って来たようだ。

豊かなヒゲをたくわえた人のよさそうなお爺さんと言った印象だ。

ただ、私をディルクさんの恋人と言った時、一瞬だけどマリカさんの魔力が揺らいだような気がしたんだけど……。んん〜？

「ミアさん、彼がニコラウス、通称ニコ爺だよ」

「あ、ニコラウスさん、初めまして。ミアと申します。どうぞよろしくお願いします」

ディルクさんに言われてハッとなり慌てて挨拶をする。

「ふぉっふぉっふぉ。こりゃまた若くてめんこいのう。ワシの事はお爺ちゃんと呼んでおくれ」

「お爺ちゃん……？」

ニコ爺じゃなくてお爺ちゃんの方がいいのかな、と思ったのだけれど。

「ふぉっふぉっふぉ。ええのう、ええのう。長生きはするもんじゃのう」

……大変ご満足頂けたらしい。

「ちょっとニコ爺、余りふざけないで下さいよ。ミアさん、無理に呼ぶ必要はないからね？」

ディルクさんがフォローしてくれたけど、お爺ちゃんって響き凄くいいかも。

「はい、でもお爺ちゃんって呼び方、何だかくすぐったい感じがして好きかもしれません。よければニコお爺ちゃんと呼ばせて頂いてもいいですか？」

私の言葉にニコお爺ちゃんはとても嬉しそうだ。

「ええぞい、ええぞい。おお……ニコお爺ちゃん……いい響きじゃのう。最高じゃわい。ほらほら、どうじゃディル坊。これで文句はあるまい？　しかし物分かりのいいお嬢さんじゃのう。ワシは嬉しいぞい」

ニコお爺ちゃんのテンションにディルクさんがため息をついている。「まあ、ミアさんがいいなら……」と納得してくれたけど。何だか申し訳ない。

「話を戻すけど、このニコ爺はこう見えて宝飾彫金師でね。物凄く手先が器用なんだよ」

「ワシ、ドワーフの血が半分流れておるからのう。加工なんかも得意じゃぞい。何ならワシがミアちゃんにアクセサリー作っちゃうぞい」

ニコお爺ちゃん、半分ドワーフなんだ！

ドワーフといえば高度な鍛冶（かじ）や工芸技能を持っていると評判だったっけ。

私が感心しているとディルクさんがコソッと教えてくれた。

「実はニコ爺、ミアさんも知っている例の香水瓶の加工をした彫金師の師匠なんだよ」

ええ‼　衝撃（しょうげき）の事実！　あの彫金を施した帝国屈指の彫金師がニコお爺ちゃんのお弟子さん⁉

好々爺（こうこうや）然として優しそうな感じなのに、本当はすごい人だったんだ。

（私にも彫金とか教えてくれるかな？）

「ふぉっふぉっふぉ。ワシの事はさて置き、ミアちゃんは何が得意なんじゃ？　お爺ちゃんに教えておくれ」

「あ、はい、得意というかそれしか出来ませんが、私はハーブを使った化粧水やマッサージオイルを作るのが好きで……ディルクさんにも評価頂いた化粧水を主に作っていこうと思っています」

「うんうん。そうかそうか。如何にもミアちゃんらしいのう。ミアちゃんのイメージにぴったりじゃわい。じゃあお爺ちゃんにその化粧水を作るところを見せてくれんかのう?」

「はい、分かりました。では場所をお借りしてもいいですか?」

ニコお爺ちゃんのお願いで化粧水を作る準備をしようとした私に、ディルクさんが慌てて声を掛けて来た。

「ミアさん、それだと化粧水の製造方法を皆んなに見せる事になるけど、ミアさんはそれでいいの?」

ディルクさんが気を遣ってくれたけど、秘密にするような特別な事はしていないしなぁ。

寧ろ秘密も何もなくてガッカリさせるかも。

「大丈夫ですよ。これからここで皆さんと一緒に働くのに、隠し事なんてしたくありませんから」

私がにっこり笑って言うと、ディルクさんも嬉しそうに微笑んでくれた。


化粧水を作る為の準備をしようとしたけれど、さすが商品開発部だけあって必要な道具は全て揃っていた。そのおかげで早々に準備が終わったので、私は早速化粧水を作る。

えっと、お屋敷から持って来たドライハーブを出して……と。

今回は五種のハーブ……カミツレ、ラベンダー、ローズマリー、サルビア、ハマメリスにしよう。

それぞれ風魔法で粉砕したものから不純物を取り除き、調合用のこね鉢に入れて混ぜ合わせ、水魔法で出した水を火魔法で沸かして鍋に入れ、そのまま火魔法で加熱しながらハーブを煮出す。

煮出したハーブ液を土魔法で作ったザルに上げて濾したら今度は火魔法で熱を下げて……。

ハーブ液の熱が取れたらハチミツを入れて、かき混ぜたら完成！

「よし！」

時間はそう掛からなかったと思うけど待たせちゃったかな？

私はディルクさん達の方を向くと、「出来ました！」と瓶に入った化粧水を見せたのだけれど。

「「「…………」」」

おや？　何故か全員固まっていますよ？

（……あれ？　大雑把過ぎて驚いているのかな？）

でもいつもと同じ作り方だし、質も同じだと思うんだけど……。

「あの……やっぱり作り方間違ってますか？」

「「「いやいやいや！」」」

おお！　皆さん同じリアクションだ。仲がいいなぁ。

「ちょ、ちょっとミアさん！　君はもしかして四属性の魔力持ちなの？」

（……あ！　そう言えば四属性って珍しいんだっけ）

「ワシ、耳が遠くなっちゃったのかのう……。ミアちゃんの詠唱が聞こえんかったんじゃけど……」

「っていうか～。道具ほとんど使ってないよ～」

「色々と酷い。いい意味で」

何だかすごく驚かれているけれど……はっ！　そうか！

「魔法は詠唱した方がいいんですよね？　すみません、うっかりしていました」

「違う、そうじゃない」

初めてディルクさんから真顔でツッコミを入れられてしまいました。

ランベルト商会研究棟にて（マリカ視点）

私はもうすぐ十五歳になるというのに、幼少期の栄養失調が祟り十歳ぐらいにしか見えない。

それは私が生まれ育ったある部族の悪習が原因だ。その部族の特徴である、肌と眼の色を持って生まれなかった私は、部族の中で虐げられていたからだ。

ディルクが私を見つけてくれなければ、今ここで私は生きていなかっただろう。

そんな私をディルクはこのお店に連れてくると、様々な知識を与えてくれた。

そのおかげで自分の得意分野が分かり、魔道具師としての地位を確立させる事が出来たのだ。

そんな恩人である店長のディルクから、ある時従業員全員に通達があった。

その内容は、新しく人を雇ったので仲よくする事、その人の存在を秘匿する事……だ。

一つ目は分かるけど、二つ目の秘匿という部分が気になった。……訳ありかな？

まあ、今までも実家の都合や前の職場とのイザコザなど、問題を抱えた人がいた事があったので、きっと今回も同じようなものだろう。

どんな問題があってもディルクが認めた人なら喜んでお迎えしよう。

しかし聞いた話によると、その新人は若い女の子ですごく可愛いらしい。

しかも優秀な人材のようで、ディルクがかなり強引に勧誘したと聞いた。

ディルクが公私混同する人でない事は分かっていても気になってしまう。

もしディルクがその人の事を好きになったので勧誘した――なんて事だったらどうしよう。

……はっ！　いけない、いけない。つい余計な方へ考えてしまった。昔からの悪い癖だ。

私はディルクから新人を預かるのだ。彼の期待に応えられるように、しっかりと指導しなければ。

――でも仲よく出来るかな。出来たらいいな。

私は口下手で喋るのが苦手だから誤解されるかもしれない。

ディルクに嫌われたらどうしよう……って。

結局、私は何度も思考の海に沈んでは浮上を繰り返し、その日を迎える事となった。


遂にこの日が来てしまった……。もうすぐ噂の新人がやって来る時間だ。

でも、リクはまだ起きないだろうし、ニコ爺は不在。ならばここは私が対応せねばなるまい！

マリカファイト！


私はいつものローブではなく、大きめのリボンがついたお気に入りのローブを羽織る。

そして緊張しながら待っていると、ドアベルが鳴った。優しいこの音色はディルクの音だ。

皆んなには同じベル音に聞こえているけれど、本当は魔力の流れを感じられるような、鋭い感覚を持っていると、人によって音が違うのが分かるのだ。

フフフ。いい音だなあ……一日中聞いていたいぐらい。

今度音を保存出来る魔道具を作ろうかしら。そうすればディルクの声も保存出来るし。

……よし！　そうしよう！

私が迎え入れる為に玄関へ向かうと、そこにはディルクと帽子をかぶった女の子がいた。

……ああ、ディルク。今日もやっぱり格好いい……素敵！

「やあ、マリカ。お待ちかねの新人さんだよ」

そうして私に微笑むディルク…………っ……尊い……‼

これ後光が差してない？　まるで魂が洗われるよう……


……はっ！　いけない、いけない！　ついディルクの笑顔に見惚れてトリップしてしまったわ。

それにそう言えばそうだった！　ここの研究棟は三人しかおらず、しかもそれぞれが多忙なので人員の補充をお願いしていたのだった。

けれどここはある意味最高機密を扱う場所なので、なかなか人選が難しく、しばらくは無理かと思っていたのだ。

昨日からディルクの事ばかり考え……げふんげふん。

すっかり忘れていた。念願の新メンバーだ！　しかも女の子！

「マリカはこの商品開発部の部長でね、魔導具開発の天才なんだ」

そんな……天才だなんて……！

分かっていたけど改めてディルクにそんな事言われたらテーレーるー！　彼ったら褒め上手！

ディルクの言葉を頭の中で何回もリピートする。うむ。やはり早々に魔道具を開発せねば。

……とか何とか考えていたら、新人の女の子が帽子を脱いだ。ゆるくウェーブがかかった綺麗な銀髪が肩や背中に流れ落ちる。そして隠れていた顔が現れたのだけれど……。

（――あれ？　妖精さんかな？　それとも天使？）

……ものすんごい美少女がそこにいた。

このお店で美男美女は見慣れていたはずだけれど、これはもう次元が違いますわー。

「私はミアと申します。精一杯がんばりますのでご指導ご鞭撻の程、よろしくお願い致します！」

ヤダ何この子！　すごく素直でいい子じゃない！　私に勝てる要素皆無。さよなら私の初恋……。

でもやっぱり好き！　そうよ！　まだ負けた訳じゃないわ！　迎え撃つのよマリカ‼

「……ん。マリカ」

「…………」

……アカン。口下手なの忘れてた。

最初の印象は大切だから、ここでガツンと先輩としての威厳を示さねばいけないのに！

「ははは。マリカはちょっと寡黙な女の子でね。誤解されやすいけど、とてもいい子だから仲よくして欲しいな」

そんな！　いい子だなんて！　なに今日は誉め殺しの日？　もっと褒めていいのよ？

それに私の事をよく見てくれているのね！　嬉しい！　好き！

……って、ダメダメ。今は新人さんよ！　気をしっかり持たないと。

そう思って自制しているとミアさんがとてもいい笑顔で返事をした。

「はい！　勿論です！」

（――女神様かな？）

ミアさんはニコニコと笑顔で私を見ている。

その笑顔に害意は全くなくて、純粋に喜んでいるのが分かる。

「こっち」

照れている事がバレると嫌なので、誤魔化そうとしたらそっけなくなってしまった……。

ごめんね！　恥ずかしかっただけなの！

ディルクがそんな私の様子を見てくすっと笑ったので、照れ隠しは彼にバレバレなのだろう。

……くそう悔しい！　でも好き！

「マリカさんはどんな魔道具を作っているんですか？」

こんな私に話題を振ってくれるミアさん。コミュ力高し。

「色々」

いや、ホントに色々作っているから！　説明が面倒くさいわけじゃないから！

コミュ力低くてごめんね！

「マリカ、それじゃあ分からないよ。ミアさん、マリカが作った魔道具は多種多様でね。分かりやすいのは入って来た時に鳴ったドアベルかな」

さすがディルク！　私専属の通訳みたい！　好き！

ディルクがいればもう私は喋らなくてもいいんじゃないかな？

それに私専属って響き、スッゴくよくない？　ホント、私専属になってくれないかな？

でもそれって実質結婚って事よね。新婚旅行は何処がいいかしら？

「すごい！　魔道具でそんな事が分かるんですか!?」

……おっといけない。また思考の海で泳いでいたわ。

ディルクと海で泳ぐのもいいけれど、浜辺で追いかけっこも捨てがたい。

「分かる」

フフフ。ディルクの音ならね。

そう言って無い胸をそらして自慢げな私を、ミアさんが温かい目で見る。

やめて！　そんな目で見ないで！


――その後、リクを紹介していたらニコ爺が帰って来た。

しかし私はその時ニコ爺が放ったセリフで愕然とした。

「ふぉっふぉっふぉ。誰かと思えばディルクの坊っちゃんじゃないか。おや？　随分めんこいお嬢さんと一緒じゃのう。遂に恋人が出来たのかの？」

……恋人……恋人……やっぱりそうなの……？

「ニコ爺！　誤解されるような事を言わないで下さい！　彼女は新人のミアさんですよ。昨日連絡していたでしょう？　後、坊っちゃんはやめて下さい」

あ、なーんだ。やっぱりね！　誤解だよね！　私を弄ぶなんてディルクったら悪い人！

でも弄ばれてみたい！　好き！

お互いを紹介し終わった私達は、ミアさんが化粧水を作るところを見せて貰う事になった。

「ミアさん、それだと化粧水の製造方法を皆んなに見せる事になるけど、ミアさんはそれでいいの？」

ディルク曰く、その化粧水はとんでもない性能を持っているとの事だった。

だから製造方法は特殊なのではないかと思っていたけれど、研究棟にある道具で事足りるようだし、本人も全く気にしていないみたいだし……。結構肝が据わっているのかな。

「大丈夫ですよ。これからここで皆さんと一緒に働くのに、隠し事なんてしたくありませんから」

しかもこのセリフ！　ちょっといい子過ぎない？

でもディルクや皆んなはその言葉が嬉しかったらしい。……勿論私も。

そうしてミアさんが化粧水を作りはじめたんだけど……何やこれ⁉

驚きのバーゲンセールやでぇ‼　……あ、ついジュリアンの癖が。

……って！　ミアさんは四属性の魔力持ち⁉　しかも無詠唱……⁉

（——あんな魔法見た事ない‼）

風の魔法でハーブを粉砕しているけど、飛び散らないように結界を張っていて。

水の魔法で魔力の塊のような——これは聖水？　それに近い水を作り出して。

火の魔法で加熱しているけど、まさかの聖火⁉　植物のえぐ味やアクを浄化して。

土の魔法でろ過する為に作ったザルは、液体を通す時、更に効果が付与され、熟成した状態になっていて——。

（——これは四属性それぞれが聖属性を持っている‼　そんな事が可能だなんて‼）


「出来ました！」とミアさんが化粧水を見せてくれたけれど……液体が光で煌めいている。

これは最早化粧水じゃないよね？　これアカン奴や……！

その化粧水を見て皆んな呆然としていた。

ミアさんが反応の無い私達を不思議そうに見ているけれど、皆んなそれぞれ今の魔法を見て頭の中を整理しているのだろう。

「あの……やっぱり作り方間違ってますか？」

「「「いやいやいや！」」」

そんな訳あるか‼　と皆んなの心が一つになった瞬間だった。

さすがディルクが従業員全員に緘口令を敷いただけはある。

これは外に出してはいけないものだ。

――聖なる四属性の魔力――

これは法国に伝わる聖女の力そのもの。そして、

――詠唱破棄の創造魔法――

魔導国で伝説になっている古(いにしえ)の大魔導師と同じ才能。

法国と魔導国がミアさんの存在を知ってしまったら――世界を巻き込むミアさん争奪戦が始まる可能性がある。本当にこの人は……

「色々と酷い。いい意味で」

もしかするとランベルト商会はとんでもない爆弾を抱え込んでしまったのかもしれない。

けれど――。

私達を信用して秘密を明かしてくれた、この優しい少女を守っていこう、と。私は心の奥でそう固く決心した。……肝心の本人は全く無自覚のようだけど。

「魔法は詠唱した方がいいんですよね？　すみません、うっかりしてました」

「違う、そうじゃない」

ほんまそれな！

ランベルト商会緊急会議(ディルク視点)

ミアさんが化粧水を作る過程を見せて貰ったけれど、その様子は想像の遥か上を行く凄さだった。

複雑な魔法を使っているにも拘わらず、流れるように作業する様は圧巻だった。

しかもミアさんはこの作業をごく自然にこなしていたのだ。

そして完成した化粧水は、わずかに光を帯びている気がするのは、きっと自分の気のせいではないのだろう。

確かに四属性で無詠唱の創造魔法というのは問題だ。いや、問題ありまくりだ。

しかし一番問題なのは、肝心のミアさん本人が自分の凄さを理解していない点だ。

これは一度きちんと話し合った方がいいかもしれない。

幸いここは研究棟だから話が部外者に聞かれる危険はない。

それに人が来たらすぐドアベルの魔道具で分かるので、ある意味この研究棟は秘密の会議をするには丁度いい場所だ。

僕は皆んなに声を掛け、研究棟奥にある会議室に集まって貰う。

普段は商品開発のアイデアや意見などを交換する場所で、更に防音になっているから安心だ。

「「「「…………」」」」

集まったのはいいけれど、どこから話せばいいのか言葉が出てこない。

ミアさんは突然こんなところに連れて来られて、しかも皆んな無言なものだから不安そうにしている。

このままだと埒が明かないので、何とか責任者としての責務を果たすべく口を開いた。

「ええと、ミアさん。色々質問しても大丈夫かな？　結構深いところまで聞く事になると思うけど」

普通なら何を聞かれるか不安だろうに、ミアさんは気丈にも頷いてくれた。

「はい……！　それはとても大切な事なのですよね？　なら、私が答えられる範囲であればお答えさせて頂きます！」

ミアさんが決意してくれたのなら、こちらも腹を括ろうか。

「えっと、僕の記憶が間違っていなければ、四属性の魔力持ちはこの国において一人だけだと思うんだけど。ミアさんはその一人で合っているのかな？」

「ええと、多分……？　確かに珍しいと言われた事がありますけど……」

「じゃあ、君はウォード侯爵家のご令嬢で間違いないのかな？」

「……はい、そうです」

やっぱりそうかー！　さすがにただの平民だと思ってはいなかったけれど、まさかの貴族！

しかも上位の侯爵家かー‼　そう言えばウチの顧客だったー‼

「えっと～。ウォード侯爵家といえば王太子殿下の婚約者の～？」

つい先日行われた王太子殿下の任命式と同時に、婚約者の発表がされていた。

リクは婚約者がミアさんだと思ったようだけれど――。

「いえ、私ではありません。殿下の婚約者は私の義妹でグリンダという名前です」

王太子殿下の婚約者は輝かんばかりの美貌を持っていると巷で話題になっている。

だからミアさんが婚約者だと勘違いしても仕方がない。

ミアさんの話ではそのグリンダという義妹は豊富な魔力量と、王国では珍しい光属性の持ち主なのだそうだ。

そう言えば、以前ウォード侯爵夫人とその令嬢らしき人物を見た事があったけど、正直余り印象に残って無い。普通の貴族という感じだった。

……その時は副店長が対応してくれたっけ。

しかしミアさんもハッとする程美しいのに、全く噂で聞いた事がないなんて。

僕が疑問に思っていると、ニコ爺が思い出したように話し出した。

「そう言えばワシ、ちらっと聞いた事があるわい。ウォード侯爵家にはぬりかべと呼ばれている令嬢がおるとか何とか」

……ぬりかべ？　何だそれは。

「東の国の妖怪」

マリカが教えてくれたけど……妖怪？　妖怪って魔物？

「それって人を魅了する類の？」

それなら納得するけれど、僕達の会話を聞いていたミアさんが慌てて訂正したので違うらしい。

「違います！　ぬりかべは姿の見えない壁のような魔物だそうです！　私はいつも壁と同化するような姿をしていたので……」

イマイチ想像出来なかったのでミアさんに解説を求めると、それをきっかけにウォード侯爵夫人とその娘が行っていたミアさんへの非道な仕打ちが明らかになって来た。

「私の本当の名前はユーフェミア。ユーフェミア・ウォード・アールグレーンです。騙すような事をして申し訳ありません」

ポツリと呟いたミアさんは俯いていて、その姿はとても儚げで小さく見えた。

それはまるで昔のマリカのようで――自分に自信がない人間の姿だ。

ミアさんは義母や義妹から自尊心などを徹底的に潰されたのかもしれない……。

そう思うと心から怒りが湧いてくる。

「しかし、将来の国母たる女性がそのような性悪じゃったとは……。その王太子の目は節穴かのう」

うーん。確かに。ニコ爺の心配もよく分かる。

「王太子殿下は聡明で知識や思考力が優れていると評判だけど、性格までは見抜けなかったのかな？　もしくはそのグリンダという義妹は余程猫を被るのが上手いとか」

「王太子は美術や芸術方面に造詣が深いと聞いた事があるよ～。その義妹の美貌に魅せられたんじゃないの～？」

リクの考察になるほど、と思っていると、マリカがぼそっと呟いた。

「魅了の魔法。光魔法の応用」

ミアさんの話から推測したのだろう、マリカがそう結論付けた。

「マリカが断言するなんて珍しいね」

「ん、間違いない」

どうやらマリカはマリカで、ウォード侯爵夫人と義妹に憤慨しているらしい。

いつもより口数が増えているのでよく分かる。

「でも魅了か……。店でチラッと見た事があるけど、別段魅力的には見えなかったな」

店内で魅了を使われたのであれば、僕も効果範囲内だったはず。

そんな僕の疑問に答えるようにマリカが言った。

「たぶん眼鏡。光が屈折」

……ああ、なるほど。魅了自体が光魔法の応用だから、眼鏡のレンズが一種の盾（たて）になったという事か。もしマリカの言う通りなら、眼鏡を掛けていれば魅了に掛からないのだろう。

だとすると宰相の息子辺りは魅了に掛かっていない可能性があるな。

「では、エリーアス様は魅了に掛かっていないかもしれませんね」

確か彼は次期宰相候補だったはず。そんな人物が魅了に掛かっていなくて助かった。

「そう言えば、酷い男と無理矢理結婚させられそうになったっていうのは……？　やはりお相手は貴族かな？」

　その話題を出した途端、目に見えてミアさんの顔色が悪くなる。

「何じゃと！　ミアちゃんが結婚じゃと⁉　そんなもん百年早いわい！　ワシは認めんぞい！」

「ニコ爺ってば〜。孫バカだね〜」

　いやいや、問題はそこじゃなかろうに。しかしミアさんの顔色から察するに、もしかしてその相手と言うのは……いや、さすがにアレはないよね？

　そう思いたいけれど、ミアさんの口から出た名前はやっぱりその貴族の名前で。

「相手は、その……アードラー伯爵と言う貴族で……」

　ご存知ですか？　とミアさんが窺うように聞いて来たけれど、正直その名前を聞きたくなかった。

　名前を言ってはいけないあの人を、ミアさんは知らないのだろう。

　巷では歩く猥褻物、名前を聞くだけで妊娠する、伯爵の姿を見たら女は赤ん坊から老婆まで全て隠せ、もし気に入られたらそこで人生終了、いくら逃げても何処までも追いかけて捕まえる。今まで逃げ切った人間はおらず、捕まったら最後、二度と日の目を見る事が出来ない……等など、怖ろしい噂は数知れず。

　王国の裏で暗躍している闇組織と繋がっていると聞いた事もある、超危険人物だ。

「これまた厄介な人物を……」

「何じゃと……⁉　寄りにも寄って彼奴じゃと？　それはいくらなんでも酷すぎるわい」

「え〜？　手を付けられない程悪い子でも、名前を聞くと途端に更生すると言われるあの人〜？」

ニコ爺とリクは知っていたようだけど、マリカは誰か知らずにキョトンとしている。

……いいんだよマリカ。世の中には知らない方がいい事もあるんだよ。

しかしウォード侯爵夫人は余程ミアさんを憎んでいるらしい。

「そんな評判の人間と交流があるウォード侯爵夫人達とは、今後一切の取引を停止しよう」

僕がそう言うとミアさんが驚いた顔をした後、心配そうに聞いて来た。

「それではお店の経営に支障が出てしまいます。国母を出した家と取引を停止すれば、どれ程の損失が出るか……」

「大丈夫だよミアさん。うちの取引相手は幅広いんだ。あの帝国の皇族とも直接取引しているぐらいだからね。逆にうちとの取引を切られた方が痛手は大きいと思うよ。僕としても、怪しい連中と手が切れて清々するよ」

僕の話にミアさんは納得したようだったけれど、ウォード侯爵家で働いている人達には融通して欲しいと頼まれた。とてもよくして貰ったらしい。

「うん、分かったよ。使用人の人達とは引き続き取引するから安心して？　まあ、夫人と義妹は出禁にするけどね」

その方がミアさんの為にもいいだろう。

ミアさんが奴らに見つかる可能性は出来るだけ少なくしたいからね。

第七章　ぬりかべ令嬢、要注意人物になる。

ディルクさんがお義母様とグリンダだけを出入り禁止にしてくれたのでほっとした。

ランベルト商会がとても大きいのは知っていたけれど、帝国の皇族御用達だったなんて……！

それは実質、帝国一の商会という事なので、王国の貴族と取引が停止したぐらい気にする必要がないのだろう。

もうお話は終わりなのかな？　と思っていたら、どうやらここからが本題らしい。

「ちょっと聞いていいかな？　ミアさんは自分の作った化粧水を今まで誰かに見せた事はある？」

「はい、お屋敷の皆んなは知っていますよ」

「それは夫人達もかな？」

「……いえ、お義母様達は知らないと思います。あまり会話をした事がありませんから」

お義母様達とは家族らしい会話は勿論、世間話すらした事がなかったな、と気付く。

私が返事をすると、ディルクさん達から負のオーラが滲み出て来た……ような……？

「あ！　でも！　二人共化粧水は愛用していましたし、アロマオイルを使ったマッサージはとても気に入っていたみたいです！　二人に毎日全身マッサージしていましたから！」

ギリギリギリ

ひっ……‼　どこからか歯ぎしりの音が……怖い！

私はこれ以上自分のせいで雰囲気が暗くならないように「おかげで筋肉が付いたんです！」と、明るく元気に言ってみた。けど……。

「アイツら……どう懲らしめてやろうか……」

はっ……⁉　何だか恐ろしい言葉が聞こえて来たけれど……もしかして私の為に怒ってくれているのかな……？　もしそうなのだとしたらとても嬉しい。

「夫人達に知られずに済んだのは僥倖だったね。彼女達が知っていたら、君を手放すような事は絶対しなかったはずだよ」

え、そうなの……？

「ちなみに作り方はいつも同じかな？　この前お店で見せてくれたものと今回のものとでは効能に差があるようだけど」

「あ！　そう言えばいつもは魔法を詠唱して作っていました。今日はつい緊張しちゃったので詠唱を忘れてしまいましたが……」

「なるほど……詠唱の差か……」

ディルクさん達が頷きながら納得し合っている。詠唱に何か問題があるのかな？

とりあえず今は化粧水の品質が気になるのだけれど。

「えっと、私が作った化粧水はいいものなのでしょうか……？」

私の質問に、ディルクさんが少し言い難そうに答えてくれた。

「ミアさんが今回作ってくれた化粧水だけど、いいものどころか効能が凄すぎてね。このままこれを売る事は出来ないかな」

……！　それは売り物としての価値が無いという事だろうか……。

だとしたら期待した分ショックが大きいんですけど……！

「ああ、誤解しないで欲しいんだけど、価値が無いとかじゃないから。逆だからね？」

明らかに落ち込んでしまった私にディルクさんが弁解してくれた。でも逆って……？

「これは化粧水と呼んでいい範囲を超えているんだ。余りにも効能がよすぎてね。もしこれを流通させてしまえば世界は大混乱を起こすと思うよ」

そんなに……？　いや、でも……。

「普通の作り方ですよね？」

「「「普通じゃない」」」

……あ、そうですか。

「そもそも、その認識がおかしいんだよ。普通は全ての工程を魔法で完結させようと思わないからね？　今日見せてくれたのは四属性を持つ君だけのオリジナルの製法だよ」

ディルクさん達に、今まで普通だと思っていた事が本当は違っていたと指摘されて呆然となる。

「君のような存在がどうして今まで公にならなかったのかすごく不思議だったけれど、話を聞いて納得したよ。君は本来、貴族が受けるはずの魔法学の授業を受けさせて貰っていないんだ」

「ふむふむ。じゃからミアちゃんの魔力の特異性を誰も知らなかったのじゃな」

……ええ……まさかそんな事になるなんて……。

「では、今後は四属性の使い方を勉強した方がいいですか？　私の魔力量は人並みですし……」

「量ではなく質」

「マリカさん……？」

今まで余り喋らなかったマリカさんが突然喋ったので驚いた。

「貴女の本当の属性は聖属性。四つの属性はその派生でしかない」

マリカさんの言葉に、そこにいる皆んなが耳を傾ける。

「しかも魔力濃度が高い。だから少量で済む」

マリカさんの言葉には不思議な力があった。

だからなのか、意外な内容のはずなのに、マリカさんの言葉は私の胸にすとん、と落ちた。

（――そうか。私の魔力は聖属性だったんだ）

「マリカの言葉を疑うつもりは毛頭ないんじゃがの。もしそれが本当じゃとしたら……」

何かに気が付いたニコお爺ちゃんだけれど、最後まで言葉にする事なく言い淀んでしまう。

ディルクさん達もニコお爺ちゃんと同じ事を考えたのだろう、とても不安そうだ。

皆んながそんな雰囲気になる原因は、どうやら法国にあるらしい。

「これからは法国の動きを注視せんといかんのう。ワシも伝手を使って情報を集めるぞい」

「僕も法国に友達がいるからね〜。色々聞いてみるよ〜」

最近法国がにわかに騒がしいと、商人達の間では噂になっているけれど、法国は秘密主義だから中々外に情報が出て来ないそうだ。だから余計に不安になってしまうのだろう。

ちなみに、いつも私達は法国と言っているけれど、正式名称はアルムストレイム神聖王国という。

至上神を信仰するアルムストレイム教の総本山がある国だ。

世界中に神殿がある世界最大派閥の宗教で、国教に指定している国も多いらしい。

法国の大聖堂や神殿は、華麗で繊細な装飾が施され一見の価値があると言われているけれど……。

皆んなの様子から察するに、私は法国には関わらない方がいいみたい。

うん、気を付けよう。

そして今度こそ話は終わりかと思ったけれど、再びマリカさんが呟いた。

「魔導国」

「「「……あ！」」」

マリカさん以外の三人が驚いてる。ん？　魔導国？　今度は何があるの？

——こちらの魔導国と呼んでいる国の正式名称はヴェステルマルク魔導国。

世界一魔法の研究が進んでいる国で、新しい魔法や魔道具などは魔導国で発明されたものが多い。

私が持っている鞄も、空間魔法が付与された魔法鞄で、魔導国で作られたものなのだそうだ。

「今のところ魔導国に怪しい動きはこれと言って無さそうだけど……ちょっと前に研究院の院長が代わったぐらいかな？　でも時々奴らが来るからね。ちょっと心配かな」

「そうじゃのう。しかしミアちゃんが外で魔法を使わなければ、そう問題も無いんじゃないかの？」

「奴らはマリカ狙いだからね。ミアさんと会わなければ大丈夫だと思うけど」

「でも油断大敵だよ～」

……う。油断しないように気を付けよう。でもマリカさん狙いって？　気になる！

「マリカさんは誰かに狙われているのですか？」

「ああ、狙うというか、マリカの才能を欲しがる人間は大勢いてね。引き抜きの打診が多いんだよ」

魔道具製作の天才だものね……場合によっては巨万の富を得ると言われているし。

「魔道具を製作するには各属性の事を熟知せんといかんからのう」

「なるほどです！　だからマリカさんは魔法にとても詳しいんですね！　聖属性の事なんて私は知りませんでした！」

新たな属性が分かった私は、ちょっとワクワクしてしまう。

「それにマリカは〈変位の魔眼〉を持っていてね。魔力の性質や動きが視えるんだよ」

おお！　天才でしかも魔眼持ちだなんて……すごい！　可愛い！

「珍しい魔眼でね。他には帝国のレオンハルト殿下が持っているらしいよ」

「帝国の……」

うーん、帝国か……一体いつになったらハルに会いに行けるのだろう……？

これから頑張って化粧水を大量生産して、お金を稼ぐつもりだったのに。

「あの、私の化粧水はもう必要ありませんか？」

だったらどうしよう。役に立たない人間を雇うなんてしないよね。

（ろくに働かないまま無職になるなんて嫌だなぁ……）

そんな私の心配をディルクさんは笑って否定してくれた。

「とんでもない！　そんな勿体ない事はしないよ。詠唱ありならぎりぎり売れるからね。詠唱なしはさすがにそのまま売る事は出来ないけれど、濃いのなら薄めればいいんだよ。その分販売量が増えるしね。濃度によって金額を変えて安く売れば、誰でも買う事が出来て喜ばれると思うよ」

「ディル坊は商魂たくましいのう」

「さすが～」

（よかった！　作り続けてもいいんだ！）

「そう言えばミアさんの事を、うちの親父には伝える必要があるけれど……いいかな？」

そうか。ハンスさんは会頭だから、お店の事を報告する義務があるんだ。

「内容がこれだし、手紙で報告なんて危険過ぎて出来ないからね、親父には直接話そうと思うんだ。もし何処かでこの事が漏れたら大変な事になるだろうし」

「分かりました！　私は大丈夫です！」

（やったー！　ここで働き続けられるんだ！　よーし！　頑張るぞー‼）

「それじゃあ緊急会議はこれで終わりかな。では結論。ミアさんは『聖女と大魔導師候補になる可能性がある』という事はランベルト商会の機密事項となりますので、秘密保持契約書に基づき他言無用です。皆さん分かりましたか？」

「うむ。分かったぞい」

「は～い。秘密にしま～す」

「了解」

（……え？　え？　何？　聖女と大魔導師って何⁉　お伽噺じゃないの⁉）

聖女と大魔導師なんて言葉が聞こえて来たけれど、私に何か関係があるの？

法国と魔導国の人だよね。私は王国生まれの王国育ちですよ？

戸惑う私を見てディルクさんが不思議そうな顔をしている。

いや、不思議なのは皆さんの会話なのですが……。

「……ミアさんはもしかして、聖女と大魔導師を知らない……とか？」

ディルクさんに聞かれてコクリと頷いた。

「……はい、お恥ずかしながらお伽噺の内容でしか知らなくて……すごい人達なんですよね？」

昔お父様が読んでくれたお伽噺に出て来たのは覚えている。

子供向けに脚色された内容だったので、実際の人物がどのような人か分からない。

「人と称していいのか疑問だけどね。色々と伝説や逸話は残っているけれど、それはまた今度教えるよ。肝心なのはそれぞれの魔力や能力かな」

ディルクさん曰く、聖女とは神の恩寵を受け、聖属性の魔力を与えられた女性の事なのだそうだ。

聖女は神に祈る事で様々な奇跡を起こすらしい。

法国の教皇が神託を受けて聖女を選定し任命するという。

対して大魔導師とは、はるか昔に実在した元魔道師で、四属性の魔法を無詠唱で使用する事が出来たそうだ。

様々な魔法で未開地帯を開拓し、後に魔導国を建国したと伝えられている。

その後、大魔導師と讃えられ、人々から請われて魔導王として即位した……という逸話が残っているそうだ。

（なるほど……そりゃそんな存在がいたら国としては手に入れたくなるよね）

「ちなみに二人の共通点は分かるかな？」

（え、共通点……？　何だろう？）

「すみません、分かりません」

「まあ、普通はそうだろうね。僕もそうだったし。これは知識の受け売りだけどね、二人の共通点は〈無詠唱〉〈多重属性〉〈創造魔法〉だよ」

（……？　……あ！　そうか……）

聖女の「祈り」は〈無詠唱〉、「様々な」は〈多重属性〉、「奇跡」は〈創造魔法〉になるんだ。

そして大魔導師も同じく〈無詠唱〉で〈多重属性〉の〈創造魔法〉で未開の地を開拓した、と。

きっとその様子は人々から見たら奇跡の御業だったのだろう。

「しかしミアさんに教育の機会を与えなかった夫人達の罪は重いね」

「万死に値する」

「これからここで学べばいいんだよ〜」

「そうじゃそうじゃ。ワシがミアちゃんに色々教えてやるからのう。お爺ちゃんになんでも聞いておくれ」

「……ありがとうございます！」

この人達はなんて優しいのだろう……。

私の身分や境遇を聞いても蔑む事なく接してくれる。この人達に出会えて本当によかった。

「……という事で、なぜ機密事項になるか分かるよね？」

「私も二人と同じ共通点があるから……ですよね？」

「そうだよ。これで君がどれぐらい規格外の存在か自覚してくれたかな？」

「はい……」

ここまで言われてしまうと、もう知らないふりは出来ないし、逃げ道はない。

私はきっと、心の何処かで自分の異常さを認めたくなかったのだ。

「だったらよかった……。このままだと君は国同士のイザコザに巻き込まれてしまうからね。自覚してくれたら自衛も出来るだろうし」

（……‼　またもや不穏な言葉頂きましたー‼）

「あの、国同士とは……？」

「あ、ごめんごめん。それも知らないよね。今度は世界情勢の話になるんだけど、法国と魔導国は仲が悪いんだよ。それぞれの国の成り立ちとかも関係あるんだけどね」

そうして再びディルクさんが説明してくれた。

法国と魔導国の二つの国は表面上普通に交流があるものの、水面下ではどちらが優位に立てるか競っているといわれている。

仲が悪いのは考え方の違いらしく、法国は神から与えられた魔法を私利私欲の為に使うものではない、と主張しているのに対し、魔導国は与えられた魔法を好きに使って何が悪い、便利になるならいいではないかというスタンスらしい。

……そりゃ仲よく出来ませんよね。

「そんなお互いを牽制し合ってる国が有利に立つ為に必要なのは何だと思う?」

「……それは……」

――聖女や大魔導師――もしくはそれに準ずる存在、象徴。

神から新たに使わされた聖女、国を建国した魔導王の再来……。

そんな存在を二つの国が放って置く訳がない。

しかも最悪、それ以外の国も身柄の確保に動き出すかもしれない。

「あの、法国や魔導国に見つかればどうなりますか……?」

「そうじゃのう。簡単に言うと奪い合いじゃな。お互いなんやかんや難癖つけて、王国に身柄を要求してくるじゃろうな」

「法国の大聖アムレアン騎士団や、魔導国の冥闇魔法騎士団が出て来たらもう終わりだね。魔王でも逃げられないね」

「万一～、捕まりでもしたら、もう二度とその国からは出られないよね～」

「拘束監禁」

ひえー！　それだけは御勘弁願いたい！

そんなの、侯爵家にいた方がまだマシじゃないか。やっと自由になれたのに！

「今ならまだ間に合うから自重しようね。ミアさんは帝国へ行ってハルと再会するんだろう？」

ディルクさんの言葉にハッとなる。

(――そうだ、私は約束を果たさなければならないのだ！)

「……はい、今までどれだけ私が無知だったのか、それが凄くよく分かりました！　これからは自分の身を守る為にも色々学んで行こうと思います‼」

「よかった……やっと理解してくれた……」

「まあまあ、自分の事が自分でも分からんなんて事は誰にでもあるじゃろうて」

「一歩前進だね～」

「……ハルって誰？」

「あ」

マリカさんの言葉に全員が食いついた。

ディルクさんには協力して貰う手前話したけれど、他の誰にも話した事がなかったのだ。

「ミアさんごめん！」

ハルの事を秘密にしていると勘違いしたディルクさんが、凄く申し訳なさそうに謝ってくれる。

「いえ、大丈夫ですよ。知られて困る事でもありませんし」

「いや、でも……それは……」

何故かディルクさんがすごく困っている。何かもごもご言っているけど。

「何じゃディル坊。えらい歯切れが悪いのう」

「秘密にしているわけじゃないんです。ハルは私の初恋の男の子で……」

「なんと！　ミアちゃんの初恋じゃと⁉」

「甘酸っぱいね～」

「初恋……」

うう、改めて口に出すと恥ずかしいかも。

「今は帝国にいると思うんですけど、その……ハルといつか再会しようね、と約束していて」

「ええのうええのう。青春じゃのう」

「素敵」

「約束の場所とか決めているの～？」

リクさんの言葉に、浮(うわ)ついた心が現実に戻る。そうだ、ハルとは再会の約束しかしていない。

「場所は決めていませんけど、以前ハンスさんと取引をしているのを思い出して……」

「ハンスとは会頭かの？　ならばかなりの有力者の息子かのう？」

「なるほど～。会頭を頼りにここへ来たんだね～」

「愛」

マリカさん！　そんな「愛」だなんて……！

いや、愛はあるけど！　ありまくるけど！　ストレート過ぎて恥ずかしい！


そして皆んな結構恋バナが好きらしく、色々白状させられてしまった。

恋バナには年齢や性別は関係ないらしい。

「七年……ずっと……」

特にマリカさんの食いつきはすごかった。女の子だもんね！

「ええと、みんなそろそろ……」

ディルクさんが何とか話を終わらせようとしているけれど、皆んなの勢いは止まらない。

「何だか昔を思い出すのう。ワシも若い時はこう見えてブイブイ言わせとったんじゃよ？　ワシが作ったアクセサリーをプレゼントしようもんなら、どんな可愛い子でもイチコロじゃったわい」

「ニコお爺ちゃんの作ったアクセサリー、私見てみたいです！」

「ふぉっふぉっふぉ。そうかそうか。見るだけじゃのうて、プレゼントしちゃうぞい。指輪か？　首飾りがええか？」

ニコお爺ちゃんはご機嫌だけど、簡単にアクセサリーとか貰っちゃったら後で怖いかも。

……凄く価値がありそうだし。

「いえ、指輪はハルから預かっていますし、母の形見のネックレスもあるので今のところは……」

結構です、と言いたかったのだけれど。

「しょぼーんじゃの……」

とてもニコお爺ちゃんが残念そうにするので、つい「また欲しいものがあったら言いますね」と言ってしまった。

「そうかそうか。待ってるぞい！」

ニコお爺ちゃんのご機嫌が直ってホッとしていた私は、ディルクさんの顔色が悪くなっている事に気付いていなかった。

「見たい」

「え？」

「ハルの指輪見たい」

マリカさんがそんな事を言うなんて意外だったけど、マリカさん達には見せてもいいかな、と思い服の中からネックレスを取り出そうとして――。

「ちょっと待った！　その指輪って、まさか――‼」

ディルクさんが何かに気付いて慌てて制止したけれど、すでに遅く。

私の首からネックレスに通された指輪が零れた、その瞬間――。

「「「――――‼」」」

声にならない声が、部屋中に響いた。

ランベルト商会緊急会議（マリカ視点）

研究棟奥にある会議室で「ランベルト商会緊急会議」が始まった。

議題は勿論ミアさんについてだ。自分の事を全く分かっていないミアさんに、自分がどれ程稀有な才能を持っているのか自覚して貰わないといけないのだ。

しかし会議が始まっても誰一人喋らない。どこからツッコめばよいか皆んな躊躇っているようだ。あ、私は元々無口なんで！　ノーカンで！　期待しないで！

でもミアさんはすごく不安そう。そりゃ奥の部屋に連れてこられて囲まれて、誰一人喋らなかったら怖いよね。分かるー。

緊張感が漂う中、ディルクが初めに口を開いた。さすがディルク！　ヤダ頼もしい！　好き！

「ええと、ミアさん。色々質問しても大丈夫かな？　結構深いところまで聞く事になると思うけど」

「はい……！　それはとても大切な事なのですよね？　なら、私が答えられる範囲であればお答えさせて頂きます！」

まあ！　何この子、すっごく健気（けなげ）！　守ってあげたくなっちゃうじゃない！

そしてディルクの質問に答えていくミアさん。やっぱり貴族のご令嬢でした。

しかも義妹が王太子の婚約者！　なぜそんな恵まれた家からこんなところへ？　と思ったけど、家庭の事情を聞いて超納得した。

「私の本当の名前はユーフェミア。ユーフェミア・ウォード・アールグレーンです。騙すような事をして申し訳ありません」

ミアさんはそう言って頭を下げたけど、悪いのは義母達なのに……！

「しかし、将来の国母たる女性がそのような性悪じゃったとは……。その王太子の目は節穴かのう」

確かミアさんの話では、義妹は魔力測定で光属性と判定されたという。ならば……。

「魅了の魔法。光魔法の応用」

これしか無い。きっとその義妹は点滅光によって知覚反応を一時的に麻痺させているのだろう。魔法で光を断続的に発生させ、任意の相手の感覚・知覚・感情系の機能に深い影響を与えているのだ。自分の都合のいいように。

しかしその義妹は〈魅了〉を王族に使えば大罪になるという事を知らないのだろうか？

……知らないんだろうな。話を聞いている限りバカっぽいし。

更に、かなりヤバそうな相手と望まぬ結婚をさせられそうになった話を聞いて憤慨する。

そのヤバイ貴族が誰か分からず、キョトンとしているとディルクが優しい眼差しで見つめて来た。

え？　何？　その慈愛に満ちた笑顔！　控えめに言って神なんですけど⁉

結局、ミアさんの義母と義妹はこの店を出禁になった。この件は社交界でかなりの醜聞となるだろう。しかしその程度で許す私達ではない。

「アイツら……どう懲らしめてやろうか……」

キャー！　怒ったディルクも素敵！　魔王、降☆臨！　神で魔王とか最高かよ‼

そんな悪い奴らは二人で成敗してやりましょう？　夫婦初めての共同作業ね！　滾る！　好き！

ちなみにミアさんの作った化粧水は詠唱の有無で性能が違うらしい。不思議！

もしかしてミアさんの場合、詠唱する事で魔力変換効率が悪くなっているのかも……？

これはじっくり検証してみなければ。

色々話した後、彼女の化粧水を販売する方法を決めたディルクが、会議の終わりを告げた。

満場一致で閉会かと思いきや、ミアさんは聖女と大魔導師、法国と魔導国について殆ど知らなかった事が判明。ここでも義母達の罪深き所業が露見する。ミアさんはとても理解が早く、頭の良さが窺えるというのに！　碌な教育もせず働かせていたなんて勿体ない！

私達の怒りに、ミアさんはビクビクしているけれど、何だか小動物っぽくて可愛かった。

そして法国と魔導国に捕まったらどうなるかなど、一部脅しのような説得（？）の甲斐もあり、彼女がようやく自覚してくれた時は皆んなで心底安堵した。長い戦いだったわ……。

「……はい、今までどれだけ私が無知だったのか、それが凄くよく分かりました！　これからは自分の身を守る為にも色々学んでいこうと思います‼」

まあ！　なんて前向きなのかしら！　素敵よミア！　そうそう、その調子！

何だか子供を見守る母親気分だわ！　年下だけど！

……でもそこで聞き捨てならない言葉を聞いてしまった。

「……ハルって誰？」

ディルクが「あちゃー」って顔してる。彼にしては珍しい失態だ。このうっかり屋さんめ☆好き！

「あ」

それからミアさんがもじもじしながら恥ずかしそうに教えてくれた話によると……。

「秘密にしているわけじゃないんです。ハルは私の初恋の男の子で……」

ムッハー！　恋バナキタコレ‼　ミアさんも恋しているのね！　仲間！

恋する乙女同士仲よくしましょうね！　ムフフ……。今夜はパジャマパーティー？

たくさんお話ししてね！　今夜は寝かせへんでぇ！

「今は帝国にいると思うんですけど、その……ハルといつか再会しようね、と約束していて」

え⁉　遠距離恋愛⁉　ヤダ切ない！　私なんてディルクと少し離れるだけでも辛いのに！

「素敵」

初恋の「ハル」と会う為に、家を捨てて旅に出るなんて……！　健気‼　ほんま泣けるでぇ‼

「愛」

そう、それは愛！　私の「愛」という言葉に超反応したミアさんの顔はもう真っ赤になっている。

かーわーいーいー！　初心(うぶ)ね！

……え？　私？　そりゃあまあ、魔道具以外の勉強にも抜かりありませんわよ？　おほほ。

そこからは皆んなで色々根掘り葉掘り聞き出した。皆んなも恋バナ大好きなのね。

七年前、偶然会って一緒にこのお店に来た事、会頭と交渉して欲しかった物を手に入れてくれた事、ずっと手を握っていてくれた事、お別れの時に抱きしめてくれた事、それからずっと好きで、心の支えにしていた事――。

うきゃあああああ‼　甘い！　甘いぞぉー‼　甘さで歯茎が痙攣しそうなゲロ甘さ‼　糖度高めにしても限度ってもんがあるだろうよ！　あたいを悶殺する気かい⁉　口から砂糖出るわ！

「七年……ずっと……」

この年齢で七年は長過ぎる。

人生の半分、初恋の男の子を心の拠り所にして生きて来たなんて……。

でもこれからは大丈夫！　私達が付いてるわ！　皆んなあなたの味方よ‼

ニコ爺なんてもうすっかり孫気分ね。アクセサリーをプレゼントしてあげたくて仕方ないみたい。

「いえ、指輪はハルから預かっていますし、母の形見のネックレスもあるので今のところは……」

……あらあら。ニコ爺がションボリしちゃったわ。

ニコ爺は事あるごとにアクセサリーをプレゼントしたがるけど、これはドワーフの習慣みたいなもので、ドワーフは子供や孫が生まれるとその子に自分の作ったアクセサリーを贈るのだ。

でもミアさんはきっと知らないんだろうな。後のパジャマパーティーでこっそり教えてあげよう。

でも指輪って何⁉　凄く気になる！　見たい！

「ハルの指輪見たい」

初恋の子から預かった指輪ってロマンチック！　将来は私もディルクから左薬指専用指輪を貰いたいわ……と思ったら、ディルクの顔色が悪いのに気が付いた。

どうしたのかと思っていると、ミアさんが指輪を取り出すのを見て、珍しくディルクが声を荒げて立ち上がる。

「ちょっと待った！　その指輪って、まさか――!!」

ディルクが静止の声を上げるも時既に遅く、ミアさんの首から白金に輝く指輪が零れ落ちて――

「「「――!!」」」

驚きすぎて声にならない声を発してしまう。

――これはまさか……！　どうしてこれを彼女が!?

ニコ爺やリクも私と同じ心境だったのだろう。三人同時にディルクの方に振り向いた。

でもディルクも驚愕していて、指輪の事は知らなかったみたいだ。

私達の「どういう事!?」という視線にふるふると首を横に振っている。

普段の私ならここでディルクの怯え(おび)と言うレアイベントを心ゆくまで堪能(たんのう)するところだけど、今はそんな余裕が全く無い。

衝撃から立ち直ったディルクが、ミアさんには見えないところで口に指を立てる。

これは「余計な事は喋るな」という意味だ。目で以心伝心なんて熟年夫婦の域ね！

しかしこれでディルクが「ハル」の話題を止めようとしていたのか何となく分かってしまった。

ディルクは「ハル」の正体に薄々気付いていたのだろう。会頭と取引していると言っていたし。

これはどう反応するのが正解だろう？　とりあえずなにか言わないと！

「綺麗」

ホント素敵な指輪だわ！　まさかこの目で見る事が出来るなんて！

ずっと肌身離さず持っていたのね！　ミアさんの魔力がよく馴染んでる……って、あれ……？

月輝石じゃない……？

「ほうほう、これは見事な細工の指輪じゃのう。かなりの価値がありそうじゃわい」

「うわ〜。綺麗だね〜」

それぞれが指輪の事実には触れずに感想を言う。素晴らしいチームワークだわ！

「そうだね。これはとてもいいものだからぜ・ッ・タ・イ！　失くさず持っていようね。人に見せてもダメだからね‼」

ディルクがまるで小さい子に言い聞かせるように言っている。

いやーん！　いいパパっぷり！　いつ子供が出来ても大丈夫ね！

「はい！　ハルにもすごく大事なものだからって言われていますので！　気を付けます！」

うんうん。ミアさんが素直な子でよかったわ。早くソレを服の中にしまっちゃいましょうね。

それからディルクがミアさんにさり気なく用事をお願いし、研究棟から送り出す。

「明日もよろしくお願いします！」と笑顔で挨拶するミアさん。ええ子や。

にこやかに手を振ってお別れした後、再び会議室に集合した私達にディルクが改めて告げる。

「それでは『ランベルト商会緊急「裏」会議』をはじめます」

あ。パジャマパーティー……。

閑話① もう一つのお仕事

ディルクさんに用事を頼まれて、研究棟から出た私は食堂へと向かいながら、先程の話し合いの事を思い出していた。

この世界の情勢や、私の本当の属性について教えて貰ったおかげで、自分の置かれている状況がよく分かった事はとても有り難くて、私の心の中は、皆んなへの感謝の気持ちでいっぱいだ。

何よりも有り難いと思ったのは、希少だという聖属性を持つ私を誰も利用しようとしない事だ。それどころか周りに気付かれないように心配してくれるなんて……。

きっとディルクさんが私に用事を頼んだのも、皆んなでこれからの事を相談する為に、私を気遣って席を外させたのだろうな、と思う。

今日会ったばかりだけれど、この商会の人達はとても誠実で優しいという事が、世間知らずな私でもよく分かる。そんな人達の為に、私に出来る事があるのなら、精一杯頑張ろうと心に誓う。

食堂では丁度夕食の準備をしていたようで、エーファさんやニーナさん達が忙しそうに働いていた。

「こんばんは。ディルクさんに言われてお手伝いに来たのですが……」

邪魔にならないように声を掛けると、二人はとても嬉しそうな顔になった。

「あらあら！　まさか本当に来てくれるなんて！」

「流石ディルクさんだねぇ。ダメ元で頼んでみてよかったよ！」

私がディルクさんから頼まれた用事、それは食堂のお手伝いをする事だった。


『朝、ミアさんが手伝ってくれてとても助かったと食堂の皆んなから聞いてね。もしミアさんがよければ、時間がある時に手伝ってくれないかな？　もちろん、その分の給金は出すつもりだよ』


ディルクさんはそう言ってくれたけど、流石にこれ以上お給金を頂くのは申し訳ないので、これは「あくまで私個人の趣味でやらせて貰っている」という事でお願いした。

実際、お屋敷でしていた事とそう変わらないし、全く負担にならないからだ。

私がお手伝いする為にエプロンを借りると、厨房からフリッツさんが声を掛けて来た。

「早速で悪いんだけどよ、こっちで盛り付けを手伝ってくんねーか？」

「はい！　分かりました！」

私はお屋敷でデニスさんに教わった事を思い出しながら盛り付ける。

お料理の盛り付けに大事な事は幾つかあって、そのうちの一つが「彩り（いろど）」だ。それぞれの食材の色を意識してバランスよく盛り付ける。緑の野菜を添えるだけで食欲がアップするらしい。

そしてもう一つは意外な事に「高さ」なのだそうだ。高低差をつける事により、お皿全体が美しく見えるのだそうだ。

私が盛り付け作業をしている横で、ヤンさん達が感心したように言った。

「……おいおい、何処の高級レストランだよ」

「いつもの野暮ったい料理が妙に美味そうだぞ？」

「あれ？　これ俺が作った料理だよな？　……ってオイ！　お前のだって野暮ったいだろうが！」

流石は侯爵家料理長のデニスさん。教えて貰った盛り付けはとても好評の様だ。まさかついでだと言って教えてくれた事が、こんなところで役に立つなんて。


お屋敷での使用人の仕事も、ダニエラさんにきっちり教えて貰えたから、こうして皆んなの役に立っている——そう考えると、たとえ無駄だと思っていた経験も、何かの形で役に立つ時がきっと来るのだと思う。

私は改めて、お屋敷の皆んなに心の中で感謝した。

閑話② ランベルト商会緊急「裏」会議

ディルクがミアに用事を頼み、わざわざ研究棟から席を外して貰ったのは先程の会議で発覚したアレコレな情報を、一旦整理したかったという全員の意思があったからだ。

そして全員で会議室に戻ると、誰からともなくため息が漏れる。

「「「「はぁ～……」」」」

一息ついて落ち着いたニコ爺とリクがディルクを問い詰める。

「オイ、ディル坊！　一体どういう事じゃ？　何故ミアちゃんが皇環を持っとるんじゃ⁉」

「あ～、やっぱりアレ皇環だったんだ～。も～先に言ってよね～」

「いやいや！　僕もそこまでは知らなかったよ‼　ミアさんから聞いた話ではレオンハルト殿下と関わりがありそうだな、とは思っていたけど！」

「ミアちゃんはあの指輪を皇環じゃと知っとる……訳ないわな。きっと訳も分からんと大事に持っとったんじゃろうなあ……」

「七年間もよく失くさなかったね～」

「それだけ大切にしていたんだろうな。それこそ肌身離さず」

ミアがハルとの思い出をどれだけ拠り所にしていたのか痛感し、全員がしんみりとしてしまう。

「ニコ爺、あの皇環を作ったのって……」

「うむ。ワシの兄じゃな。筆頭皇室金銀細工師じゃからの。あの皇環は兄が作ったものじゃわい」

「ニコ爺、お兄さんいたんだね～」

「そういや、もう随分会っとらんのう」

ニコ爺とリクが会話する中、ずっと黙り込んでいるマリカが気になったディルクは彼女に声を掛けた。

「マリカはどうしたの？　皇環を見てびっくりした？」

マリカがこくりと頷いた。しかし目がキョロキョロしている。

これはマリカが何かを言いたい時の癖だ。

「何か言いたい事があるの？　マリカは皇環を見て何か気付いたとか？」

マリカが再び頷いた後、ポツリと呟く。

「鑑定した？」

普通なら「何を？」となるところだが、ディルクはマリカとの付き合いも長い為すぐ理解出来る。

どうやら「ディルクは皇環を鑑定したの？」と聞きたいらしい。

「ううん。鑑定する余裕なかったよ」

「そう……」

「それでマリカは何を『視た』の？」

ディルクに聞かれ少し躊躇(ちゅうちょ)した様子だったマリカだが、ディルクを真っ直ぐ見つめると意を決したように口を開いた。

「月輝石じゃない」

「は？」

マリカの言葉に、ニコ爺とリクも注目する。

「変質？　変遷……？　してる」

「「？」」

さすがに意味が分からなかったディルク達がマリカの言葉をまとめた結果――月輝石で作られた皇環が、ミアの魔力を長い間浴び続けた結果、別のものに変化したらしい……という事だった。

「……え。別のものって何……？」

「何じゃ何じゃ！　そんなの聞いた事ないわい‼」

「何になったの～？」

この研究棟にいる人間はかなりの知識を有する各々の得意分野の専門家達だ。

しかし、そんな彼らでもこれまで月輝石の性質が変化したという話は聞いた事がない。

月輝石の名前の由来は、月の光に翳すと青白い光を発する事から付けられており、見た目は月によく似た銀色に近い白金色をしている。

原石だけで金の値段の二十倍の価値があるが、加工したものの価値は更に高い。

主な採掘国である帝国でも、稀にしか採掘されないという希少な鉱物なのだ。

月輝石は鉱物の中で最も安定した性質と最も高い硬度を持つ石だと言われている。

その為加工はかなり難しく、その加工技術は帝国皇室の最高機密の一つとされている。

「……多分、天輝石」

更なる衝撃が会議室を包む。

それはミアが皇環を持っていたと知った時より遥かに驚愕する事実だからだ。

「ちょっと待って！　天輝石って……伝説やお伽噺に出てくる幻の石と言われる、あの——⁉」

「何と‼　実在しとったのか⁉」

「ほえ～」

勿論、幻とされているので本来なら誰も目にした事がないのだろう。

だが、古くから存在する国の中枢……一部の限られた人間にしか知らされていない秘密の場所の奥深くに、究極の力を持つ秘石が厳重に保管されている……という話が、かなり昔からずっと廃れる事なく、まことしやかに噂されている。

法国に於いては「神霊聖石」
魔導国に於いては「賢者の石」
——そしてバルドゥル帝国では「天輝石」——
それぞれ名前は違うものの、伝承されているその性質や外見は一致しており、研究家・専門家達によると同一のものだろうと認識されている。

これらの石は真理を追究するものには神の叡智を、永遠を求めるものには不老不死を、力を欲するものには無限の魔力を与えるという。

「……でも、ミアさんが皇環を持っている時点で、帝国の庇護下にあるって事だよね……？」

「そうじゃのう。皇環がある限りは法国も魔導国も手出しは出来んじゃろ」

「帝国の庇護下にある人間を拉致するのは帝国への宣戦布告だしね～」

皇環を持つ人間は帝国の皇位継承権を持つと同義。

もしくはそれと同等の存在として守護される事になる。

「万が一、これらの事が外に漏れたりしたら、世界情勢が大きく変わってしまうだろうな……ミアさんへの脅しが現実になってしまう」

帝国によって国力を削ぎ落とされた法国と魔導国が、再び世界の覇権を手にするには聖女や大魔導師と言った象徴が必要不可欠。

しかもミアは「神霊聖石」や「賢者の石」を作り出せる存在だ。

そんな奇跡のような存在を知れば、法国と魔導国は血眼になってミアを追い求め、喉から手が出る程欲するだろう――たとえミアが「皇環」を持っていたとしても――。

「しばらくはミアさんをこのままランベルト商会で保護し続け、親父……会頭が王国へ来たタイミングで帝都に送り届けようと思う」

「それが一番じゃろうなあ。会頭は皇族と交流がある。帝国に着きさえすればミアちゃんを宮殿奥深くで守ってくれるじゃろて」

「じゃあ〜、それまでは何としてもミアさんを守らないとだね〜」

ただでさえランベルト商会は、常に同業他社から注目・警戒されており、有益な情報を盗み取ろうと企む輩が後を絶たない。

今後ミアが作った化粧水を発売すれば、ミアとの関わりをどこからか嗅ぎ付けるかもしれない。

ミアの容姿はとにかく目立つ。たとえずっとこの研究棟や寮に篭っていたとしても、人の出入りは無いわけではないし、どこで見つかってしまうか分からない。

「ミアさんを目立たないようにするにはどうしたらいいんだろう？　ずっと帽子も可哀そうだし」

「あのめんこい顔が隠れるのは勿体ないのう」

「何だかキラキラしてるもんね〜」

「私が作る」

「「……ん？」」

「私が魔道具を作る」

マリカは魔導国の国立魔道研究院から何度も招聘されている。

一度も応じた事はないが。そんな天才のマリカがヤル気を出している……。

ニコ爺とリクが珍しいものを見たというような顔をしている中、ディルクは初めて人の為に自分から行動しようとするマリカの様子に、眩しいものを見るように目を細め、満足そうに微笑んだ。

第八章　ぬりかべ令嬢、普通を目指す。

昨日はディルクさん達に沢山説明して貰っただけで一日が終わってしまったから、ほとんど働いていない。私は今日こそ頑張って働くぞ！　と気合を入れる。

やっぱり今日も朝早く起きてしまったので、食堂のお手伝いをする事にした。

昨日お手伝いしたのがきっかけで食堂の人達とすっかり仲よくなれたのだ。

「おはようございます」

「おや、おはよう、ミアちゃん！　今日も早いねぇ」

エーファさん達に挨拶をしていたら、フーゴさんがひょっこり顔を出した。

「そーいや、ミアは研究棟へ行くんだよな？　悪いけど、研究棟の連中にメシ持っていってくれないか？」

「それは大丈夫ですけど……。マリカさん達はもう研究棟に行ったのですか？」

朝早くから働く必要がある急ぎの仕事でも入ったのかな？　と思っていたら、フーゴさんが「違う違う」と手を振った。

「あいつら昨日からずっと研究棟に篭ってんだよ。まあ、いつもの事だけどよ」

昨日から……？　そう言えば食堂でマリカさん達を見ていない事に気が付いた。

単に時間が合わなかったのかと思っていたけれど、どうやら違うらしい。

リクさんも昨日は研究棟で寝ていたっけ、と思い出しながら、皆んなの朝ごはんを持って研究棟へ向かう。フーゴさんに頼んで、皆んなの分を私に作らせて貰ったのだ。


研究棟の扉を開けると、ドアベルの音が研究棟に響き渡る。

「おお……天使じゃ……！　天使が降臨したぞい！　遂にワシにもお迎えが来てもうたか……!?」

「う～ん……お花畑が～……」

「……（スヤァ）」

扉を開けたら死屍累々の様子だった。……うわぁ。皆んな大丈夫かな？

皆んなを起こすべきかどうか悩んでいたら奥の部屋からディルクさんが顔を出した。

ディルクさんもここに泊まっていたらしい。

「おはよう、ミアさん。朝食届けてくれたの？　どうもありがとう」

「あ、おはようございます！　あの、皆さんはどうされたんですか？　お急ぎのお仕事ですか？」

皆んなの様子におっかなびっくりしている私に、ディルクさんが「うーん」と悩んだ素振りを見せる。

「その理由は僕の口からはちょっと……。とりあえず皆んなを起こしてあげようか」

「理由は皆んなを起こしてから直接聞いてごらん」と言われ、声を掛けようとしたらディルクさんが思い出したように言った。

「そうそう、ミアさんの水魔法で出した水を皆んなに飲ませてあげたらどうかな？」

「なるほど、そうですね！　分かりました！」

私が出す水はポーションの役割があるみたいだし、水でよければいくらでも出しちゃう！

私は持って来たコップに水魔法で出した水をなみなみと注いだ。

「ディルクさんもお疲れ様です。これどうぞ！」

ディルクさんにコップを渡すと「ありがとう！」と言って受け取り、コップの水をまじまじと見つめている。鑑定かな？

「……うわぁ。これはすごいな……ギリギリ上級か……下手すると最上級って……」

何やらコップを見てブツブツと呟いている。

……皆んなに飲ませて大丈夫なのかな？　と心配していると、ディルクさんが水をごくごくと飲み干した。すると、ディルクさんの身体がほんのりと発光する。

ええ⁉　ハルの時は光らなかったのに！

「……さすが聖水並みの効果だね。身体の疲れどころか魔力も全回復しているよ」

「よかった！　じゃあ、皆さんに飲ませて大丈夫ですね！」

早速私とディルクさんは、手分けして皆んなに水を飲ませていった。

「おお！　なんじゃこれは……！　腰痛が治っとる！　しかも体中に力が漲（みなぎ）ってるぞい！」

「体の疲れと眠気がスッキリしてるよ～！」

「肌ツヤ髪サラ」

皆んなが水を飲んだ途端、身体がほんのりと光る。

元気に起きだしたので安心したけど、どうして光るようになったんだろう……。

不思議に思った私はマリカさんに聞いてみる事にした。

マリカさんが宝石のような紅い瞳で私をじっと『視て』くれたところによると、どうやら私が聖属性を自覚した事と、ストレスが無くなった事により、魔力の循環がスムーズになって魔法の効果が格段に上がったらしい。

……確かに、お義母様達から解放されたし、昨日の話で気持ちの整理が出来て今後の方針もまとまったから、精神的にかなり安定したのだろう。

気持ちの持ちようでこうも変わるとは、精神と魔力は密接な関係があるのね。

「ミアさんが朝食を持って来てくれているから、とりあえず食べながら話そうか」

部屋の中は色々物が散乱していたので、昨日に引き続き会議室に移動する事になった。

「今日の朝食は私が作らせて貰ったんです……お口に合えばいいんですけど」

私はバスケットの中から朝食を取り出して並べていった。

デニスさん直伝(じきでん)のサンドイッチと野菜たっぷりミネストローネだ。

サンドイッチの中の具はモッツァレラチーズと、グリルドベジタブルにルッコラ。

グリルドベジタブルはトマト・ナス・ズッキーニ・パプリカをそれぞれサンドしているから、色んな種類が楽しめる。

それ以外にもレタス、トマト、クリスピーベーコン、グリルチキン、半熟フライドエッグをカリカリに焼いたトーストにぎっしり詰めたボリューム満点のサンドイッチも。

「これは美味しいね。トーストを薄めに焼いてサンドしているから食べやすいよ」

「うわ〜！　美味しいねえ〜！　グリルされた野菜が甘〜い」

「おお……！　何と美味い……！　これ全てミアちゃんが作ったのか？」

「美味」

「はい、お屋敷の料理長に教えて貰いました。デニスって名前で、凄く腕がいいんですよ」

ここの食堂のお料理も美味しいけれど、またデニスさんの作ってくれたお料理が食べたいなあ。

私にとっては故郷の味だし。

「デニス……？　もしかして、最年少の王宮総料理長に抜擢されたけれど辞退した、あの……？」

ディルクさんがデニスさんを知っていたのには驚いた。

……って、ええ!?　デニスさんってそんなにすごい人なの!?

「一時期噂になっていたからね。今の主人に一生仕えるからと言って王宮総料理長の座を蹴った義理堅い男だとか何とか。見た目も良かったからね、女性に人気だったよ」

お父様に一生仕えるなんて……。私の知らない事情があったのね、きっと。

デニスさんがお義母様に意見出来たのもこれが理由かな……？

それから皆んなはサンドイッチをぺろりと完食。……多めに作ったはずなのに……すごい。

お腹も満たされ、落ち着いたところで皆んなが何をしていたのか教えて貰う事に。

「昨日、ミアさんがここから出た後、どうやってミアさんを守れるか相談したんだ」

え!? あの後もここで相談していたの？ 私の為に？

「相談している時にマリカが魔道具を作るって言い出してね。全員で協力して作ったんだ」

「もうミアちゃんはワシらの大事な仲間じゃろ。仲間を守る為なんだから当たり前じゃわい」

「僕も微力ながらお手伝いしたんだよ〜」

まだ一日しか経っていないのに、私を受け入れて仲間だと言ってくれる。

そんな皆んなの優しさと思いやりが嬉しくて涙腺が緩んでしまう。

「……ほら、マリカ」

ディルクさんがマリカさんを促すと、マリカさんがおずおずと箱を差し出して来た。

私がそっと受け取ると「開けて」と恥ずかしそうに呟いた。あああ！ 可愛い！

渡された箱を開けると、アンティークゴールドの台座にキラキラ輝く石が装飾されている髪飾りが入っていた。

クリスタルの可愛いお花がアクセントになっていて、とっても素敵!!

「わぁ……！ とっても可愛い……!!」

「それをつけると色が変わる」

あまりの可愛さに感動している私に、マリカさんが教えてくれたけれど……色って？

もしかして髪の色!?

「つけてみて」

マリカさんに言われて「は、はい！」と慌てて結い上げていた髪につけてみる。

すると周りから「おおー！」と歓声が。

「成功じゃな！」

「よく似合ってるよ、ミアさん」

「スゴく可愛い～」

一体どうなっているのか分からない私に、マリカさんが鏡を渡してくれた。

ドキドキしながら鏡を覗いてみると、そこには茶色い髪になった私の姿が。

「わあ！　すごい！　本当に髪の色が変わってる！」

私の髪の色は無駄に目立つ銀色から、よく見かける茶色へと変化していた。

「髪の色が違うだけで随分印象が変わるから、ぱっと見てミアさんだと気付く人間はいないかもね」

「はい！　すごいです！　私じゃないみたいです！」

はしゃぐ私の姿を皆んなが優しい眼差しで見つめている。

私は姿勢を正し、深々と頭を下げてお礼を言った。

「本当にありがとうございます……！　すごく嬉しいです！　大事に使わせて貰います！」

「ほっほっほ。喜んでくれてよかったわい。ミアちゃんにプレゼント出来てワシも満足じゃわい」

「ニコ爺よかったね～」

皆んなの話を聞くと、髪飾りの材料をディルクさんが用意し、台座部分の装飾をニコお爺ちゃん

とリクさんが、髪飾りにはめ込む魔石に術式を書き込んだのがマリカさん……らしい。

特に魔石の術式はマリカさん考案の、新しく画期的な術式と聞いて驚いた。

マリカさん曰く、グリンダの光魔法の話を聞いて応用したのだそう。

マリカさんすごい！　天才！

「しかし、まだ髪の色だけじゃ足りんのう」

「美貌が垂れ流し～」

「勿体ないけど、ミアさんの顔を変えないとダメかな。アメリアのところへ行こうか」

……え？　アメリアさん？


ディルクさんに連れられて、髪飾りをつけたままの私は、研究棟からアメリアさんのいるフロアーへとやって来た。

先日約束した化粧水を持って行くのを忘れない。

アメリアさんへ渡す化粧水は、実際販売出来るぐらいに濃度を薄めて調整したものだ。それでも十分効果があるらしい。これで彼女が気に入ってくれたらすぐにでも販売するそうだ。

アメリアさんのところへはディルクさんと一緒にマリカさんもついて来た。

トコトコ歩く姿がとても可愛い。

「あら！　おはよう！　三人で来るなんて珍しいわね」

「おはようございます！」

「（ペコリ）」

「おはよう。アメリア、忙しいところ悪いんだけど、君の力を貸してくれないかな？」

「あらあら、ディルクが頼み事なんて珍しいわね。もちろん、私でお役に立てるなら喜んでお手伝いさせて頂くわ」

そしてディルクさんがアメリアさんに事情を説明し、アメリアさんが楽しそうに話を聞いている。

「……なるほどね。ミアちゃんにメイクをして別人のようにすればいいのね？　なにそれ楽しそう！　腕が鳴るわ！」

ウキウキとしたアメリアさんに、私とマリカさんは奥の方へと連れて来られた。

そして私はメイク道具がズラッと並んだ化粧台の前に座らされた。何をするのかドキドキだ。

ちなみにディルクさんは買取カウンターで待つ事に。ここは居心地が悪いのだそうだ。

「ふふ、そんな不安そうにしなくても大丈夫よ。ミアちゃんは……そうねえ。大人っぽい雰囲気をしているから、逆に童顔にしたらどうかしら？」

「そ、そうですか？　よく分からないのでおまかせします！」

それからアメリアさんと会話をしながらメイクして貰った。

「ミアちゃんの肌ってとても綺麗ねぇ。本来ならメイク前に肌を整える必要があるけど……どうやら不要みたいね」

アメリアさんは羨ましそうに言いながら、下地をパウダーで仕上げていく。

本来ならファンデーションも使うらしいけど、これも不要だったみたい。

ちなみにいつも私に使われていた白粉（おしろい）は、今はファンデーションと呼ぶらしい。

正確には別のものらしいけど……。自分でメイクした事がないから未知の世界。

パウダーで仕上げた後、アメリアさんがメイクを施してくれる。メイク道具を入れている箱の中には、初めて見る道具がたくさんあって、覚えるのが大変そう。

「眉は顔の印象を作る重要なポイントよ！」

アメリアさんが教えてくれた事によると、「甘く幼い女の子にするにはね、眉は平行気味にすると幼さが増すのよ」……なのだそうだ。

それからアイブロウはふんわりがよくてパウダーアイブロウを使って色は髪色を基準に茶色にして……何だか訳が分からなくなって来た。

でもまだまだ続くらしく、次はアイメイクだ。

「今回はとにかくナチュラルに仕上げたいし、ミアちゃんはメイクに慣れていないだろうから、簡単な方法でやるわね」

アメリアさんはそう言うと、アイシャドウを塗りながら説明してくれる。

「まずは明るめの色でまぶた全体に広げるの」

アイシャドウのカラーは肌なじみのいいピンクブラウン系がいいらしく、はじめは肌なじみのいいベージュカラーをまぶた全体に塗ってなじませたら、目の際（きわ）に向けて徐々に色を濃くしていく。

そしてアイライナーで目元をたれ気味？　にラインを引いて、さり気なく可愛さを演出。

「たれ目を強調したい時は下まぶたを意識してね。濃いめブラウンでしっかり影を作るのよ」

私は初心者なので、アイラインを細めに引くのがいいらしい。

アメリアさんが丁寧に教えてくれながら、慣れた手付きでメイクを施してくれる。

わぁ……！　すごい！　みるみるうちに顔が変わっていく！

「最後にリップで仕上げね」

明るめの色をつけて顔色をよく見せた唇は、果実のようにみずみずしい。

そうして完成したのは茶色の髪の、あどけない顔をした女の子。

「よし！　こんなものかな。いい出来！　自分でも出来るように、なるべく簡単な方法でメイクしたから覚えやすいと思うけど……どうかしら？」

「すごいです！　自分じゃないみたいでビックリです！」

もっと顔をいじられると思っていたけど、目の周りぐらいしかいじっていないから、私でも簡単に出来そう。

「ふふ。気に入ってくれてよかったわ。じゃあ、もう一度おさらいするわね」

アメリアさんはそう言って、これから自分でメイクする時の注意点とおすすめメイク道具を教えてくれた。

ずっと側で見ていたマリカさんも興味津々のようだ。

アメリアさんが「マリカもメイクする？」って言ってくれたけど、まだ早いからとふるふると首を振って断っていた……勿体ない！

おめかししたマリカさん、見たかった……すっごく可愛いだろうなあ。

それからアメリアさんにお礼を言って、私が作った化粧水を手渡した。

「アメリアさん、これ私が作った化粧水です。一度試して頂けますか？」

「え⁉　やだー！　本当に持ってきてくれたの⁉　すごく嬉しい！　今日から早速使わせて頂くわね！」

とても喜んでくれたアメリアさんは、化粧水を使った感想を後日教えてくれると約束してくれた。気に入ってくれたら嬉しいな。

アメリアさんと別れた後は、マリカさんと買取カウンターにいるディルクさんのところへ行き、メイクを見て貰う。

私を見たディルクさんはとても驚いてくれた。

「わあ！　随分印象が変わったね！　敢えて幼いメイクで攻めて来るとは……さすがアメリアだね。うん、可愛い可愛い」

よかった！　オッケーが出た！

「ん？　マリカはメイクして貰わなかったんだね。まあ、そのままでも十分可愛いけど」

ディルクさんはマリカさんの頭をよしよしと撫でている。

マリカさん、すごく嬉しそう。この二人ホントに仲がいいなあ。その光景にほっこりする。

あまり表情が変わらないマリカさんだけれど、ディルクさんといる時だけは雰囲気が和らぐのだ。きっとディルクさんをすごく信頼しているんだろうな。

これでもう終わりかと思ったら、ディルクさんがカウンターから出て来る。研究棟に戻るのかな、と思ったけど、どうやら違ったみたい。

「じゃあ次は服だね。そのメイクに似合う服をジュリアンに選んで貰おう」

次は服なのね……。うーん、そうか。確かにこうして鏡で見ると顔と服がアンバランスかも。

（よーし！　こうなったらトコトンやってやるー！）

気合を入れた私は毒を食らわば皿までの覚悟で挑む事にした。

先程と同じように三人で服のフロアーへ行き、ジュリアンさんに私の服を見繕ってくれるようにお願いする。

私を見たジュリアンさんは、先程のディルクさんと同じように驚いてくれた。

「え!?　ミアさんなん？　すごいやん！　別人やん！　あ、マリカや。相変わらずちっこいなぁ」

相変わらず見た目と訛りのギャップがすごい。

ジュリアンさんにちっこいと言われたマリカさんは、ジュリアンさんをポカポカ殴っているけど、ジュリアンさんは全然平気そう。

仲が良さそうなのは同じ時期にこのお店に来たかららしい。同期のよしみ？　とか何とか。

ジュリアンさんも髪の色とメイクに驚いてくれたので、今のところ変身は大成功の様だ。

「今のミアさんに似合う服をいくつか見繕ってくれる？」

「ほな、あまりお洒落やのうて普通な感じにした方がええな。あんま目立ちとうないやろ？」

ジュリアンさんが陳列している棚からワンピースを取り出して見せてくれた。

クラシカルなチェックの生地で出来たリボンワンピースだ。落ち着いた色合いがすごく私好み。

「ワイのオススメはワンピースやな。ミアちゃんのイメージにぴったりやし」

フリルレースがたっぷりあしらわれた丸襟に、首元のリボンがアクセントとなっている。

次に出してくれたのは、ネックラインと袖部分、裾部分にフリルをたっぷり使い、レースアップリボンがアクセントになっているワンピース。

「このワンピースは固うない着心地のええ生地で作ってるから動きやすいし、ウエストにベルト付けたらシルエットが綺麗に見えるんやで」

それからジュリアンさんは、幾つかのワンピースを見せてくれた。

「ワイが選んだワンピースにこのペチコート合わせたら裾にボリューム出るし、レースがええ感じに見えるんや」

ペチコートは三段ティアードの刺繍レースで、ふんわりとしていてとっても素敵。

どのワンピースやスカートにも合わせる事が出来る優れものらしい。

ジュリアンさんはその後、いくつかのスカート、ブラウスや靴など一通り見繕ってくれた。

今までシンプルな服しか持っていなかったので、こんなに可愛い服をたくさん買えてとても嬉しい。……というか、自分で服を買った事自体初めてだ。

私が持っていた服は、お屋敷の皆んながくれたお古がほとんどだったし。

「マリカも服欲しくなったらいつでも来ーや。選んだるから」

ジュリアンさんの言葉にマリカさんがこくりと頷いた。

マリカさんはどうやらこのお店の従業員の間ではマスコットキャラ的な存在のようだ。

ジュリアンさんにお礼を言って、お店から寮の自室に戻り、荷物をさっと整理する。

ほとんど空っぽだったクローゼットに、たくさんの服が並んでいるのを見るのは随分久しぶりだ。その事に何だかとても嬉しくなる。

私は早速新しい服に着替え、ディルクさんとマリカさんが待っていてくれる研究棟へ向かう。

二人は先に戻って、変身した私の姿を楽しみに待ってくれているそうだ。

（あまり期待されると緊張しちゃうなぁ……）

ドアを開けて中に入ると、研究棟のメンバー以外にアメリアさんとジュリアンさんもいた。

変身した私が見たくて仕方なかったらしいけど……うわ〜恥ずかしい‼

「ほらほら、恥ずかしがらずにこっちに来て見せて！」

ドアから離れない私を見かねたアメリアさんに手を取られ、中に連れ込まれると「ほら！　背筋伸ばして！」と姿勢を正される。

「やだ可愛い〜‼　ちょっといいところのお嬢さんって感じね！」

私の全身を隈なくチェックしたアメリアさんが、満足げに褒めてくれた。

「おお、おお……！　まるで別人のようじゃ……！　こっちのミアちゃんもめんこいのう……！」

ニコお爺ちゃんは感極まったのか、ふるふると震えている。

「ずいぶん雰囲気が柔らかくなったよ〜」

リクさんがうんうんと頷きながら感想を言ってくれる。

「以前のミアさんは凛とした雰囲気だったからね。今はふわっとして可愛いよ。ジュリアンが見繕った服ともよく合ってる」

「せやろ？　もっと褒めてええんやで？　崇め奉ってええんやで？」

「可愛い」

ディルクさん達からたくさん褒められてとても恥ずかしいけれど、それ以上にすごく嬉しい！

「とりあえずこれで一安心かな。やっと落ち着いて化粧水を作って貰えるよ」

今回の件でディルクさんに随分迷惑を掛けてしまった。これから一生懸命恩返しをしなければ‼

「はい！　たくさん化粧水を作って作って作りまくります！」

「ははは。程々でいいからね。無理はだめだよ？」

「気を付けます‼」

ディルクさんから無茶をしないように釘を刺されたけれど、見た目が変わって安心した反動か、とにかくその時の私のやる気は天元突破のうなぎのぼりの滝のぼりだった。

マリアンヌ曰くテンションアゲアゲ状態だったのだろう。

私は鞄に入っていたハーブの残りと、お店で売っているハーブをかき集めて化粧水を作りはじめた。これが私の初めての仕事というのもあったのだろう、ついつい張り切り過ぎてしまったのだ。

私は溢れんばかりの魔力を使い、四属性を駆使して次々と作業をこなしていく。

気分が高揚しているからか、魔力がキラキラと光り輝いたけれど……。気にする事なく材料が無くなるまで化粧水を作り続けた。

ディルクさん達はあまりの事に、私を止める事が出来なかったらしい。

……結果、化粧水を作り過ぎてしまった……しかも高品質。

研究室の真ん中には樽いっぱいの化粧水がキラキラと光を帯びて鎮座している。

しかも用途に応じてハーブの組み合わせを変えて五種類の化粧水を作ったので、たっぷりと樽で五本分だ。

「「「……」」」

皆んなは絶句していた。

それもそうか。この量を一時間程で作ってしまったのだから。

「……なんちゅーか、凄まじいのう……」

「あれだけあったハーブがあっという間に無くなっちゃったね〜」

「規格外」

「……ま、まあ、これだけあればしばらく在庫は持つから……」

ディルクさんが喜んでいいのかどうか、複雑な顔で呟いた……うぅ、ごめんなさい‼

それからの侯爵家（ダニエラ視点）

私がウォード侯爵家で働きはじめたのは十歳の時でした。

父の友人で当時からウォード侯爵家で執事として働いていたエルマーから、奥様であるツェツィーリア様がご出産間近のため、若い女性の使用人を探しているのだと聞き、自ら立候補したのです。

そうして、私がウォード侯爵家で働く事しばらく、お嬢様――ユーフェミア様がお生まれになりました。まるで天使のように愛らしいお嬢様の誕生に、屋敷中が喜びに満ち溢れたのを今でもよく覚えています。その時は誰もがお嬢様の幸せを信じて疑っていませんでした。それなのに――。


ユーフェミア様が出奔した朝、いつものようにダイニングへやって来たジュディ様とグリンダ様は、いつもいるはずのユーフェミア様がいない事に気付き、執事のエルマーに問い質しました。

「エルマー、ユーフェミアはどうしたの？」

「はい、ユーフェミア様は朝になっても姿をお見せになられておりません。恐らく部屋に篭られているのではないかと思われます」

エルマーの言葉に、ジュディ様とグリンダ様が驚きました。

「どうしてそれを早く言わないの‼　早くユーフェミアを連れて来なさい‼」

「そうよ！　何よそれ、サボりじゃないの！」

「恐れながら、朝はご自身で起きられるまで起こさぬよう命じられておりましたので」

二人の剣幕(けんまく)にも老練の執事は全く動じずに飄々(ひょうひょう)と言ってのけます。

その言葉にジュディ様がぐっと言葉に詰まりました。

朝に弱いジュディ様は起こされるのを嫌がられ、自分が起きるまで部屋に入るなと使用人達に言い聞かせていらっしゃいましたから、反論出来ないのでしょう。

「と、とにかく！　早くユーフェミアを連れて来て！　婚約準備があるんだから‼」

「承知しました」

エルマーが姿を消した後、ジュディ様とグリンダ様は早速食事に取り掛かりました。

朝食だか夕食だか分からないメニューがいつも通り大量に用意されています。

マッシュルームとポテトのオムレツに仔羊のグリエ、フォアグラのポワレとオマール海老のナージュ……朝から食べるにはかなり重いメニューですが、ジュディ様とグリンダ様はそれらの料理をぺろりと平らげます。デニスの作る料理は絶品ですから。

朝食をお召し上がりになられたお二人の元へ、ユーフェミア様を呼びに行ったエルマーが戻って来ました。彼にしては珍しく、顔色を悪くしています。

「ユーフェミア様の部屋を確認しましたところ、お荷物が全て無くなっておりました。どうやら出奔されたのではないかと」

「なんですって‼　一体どういう事⁉　どうして誰も気付かなかったのよ‼」

エルマーからの報告を聞いたジュディ様が使用人達を睨み叱責（しっせき）します。

しかし使用人達は微動だにしません。逆にジュディ様を責めるような雰囲気です。

そんなジュディ様と使用人達が睨み合っている場に、私は使用人達を庇うように間に入りました。

使用人達の不満もよく理解出来るからです。

「ユーフェミア様は婚約が決まった事に大変ショックを受けられたご様子でしたので。そっとしておいた方がいいだろうと皆んなで判断致しました」

私は遠回しに、今回の婚約は屋敷中の人間から反感を買っているので、取り止めた方がいいですよ、とジュディ様に進言しましたが、私の意図には気付いて貰えず、逆に開き直ってしまいました。

「貴族の娘たるもの、家の為に望まぬ結婚でも受け入れるのが当たり前でしょう！　一生結婚が出来そうにないあの子に相手を見つけて来てあげたのだから、感謝して欲しいぐらいだわ‼」

その貴族令嬢のユーフェミア様を使用人のように扱っていた事は棚に上げ、ジュディ様がふてぶてしく言い放ちました。その言葉は使用人達の怒りの火に油を注ぐ事になるのですが、傲慢なジュディ様は、私達の気持ちに気付こうとなさいません。

「お母様、そんなに怒っては美容によくないわ。眉間にシワが出来ちゃうわよ」

グリンダ様がその場を収めるように口を出されましたが、勿論ご本人にはそんなつもりは全く無いのでしょう。ただ単に早く王宮へ行き、マティアス殿下とお会いしたいだけだと思われます。

「それにユーフェミアの事なんて放っておけばいいのよ。どうせ行く当てなんて無いんだから、今日にでも帰ってくるわ」

「そうね。一時の気の迷いよね。帰って来たらどんな罰を与えてやろうかしら」

……単純な思考をお持ちのお二人には、ほぼ屋敷に閉じ込められていたユーフェミア様が、外で知り合いを作っていたとは、考えもつかないのでしょう。

実際、金品は全て取り上げられ、金目の物をお持ちでないユーフェミア様は、すぐに路頭に迷うだろうとお考えのようです。……実際はお給金を支給されているのですが。

ただ、これはご当主であるテレンス様のご指示ですので、ジュディ様達がご存じないのも仕方ありません。

お二人が食後のお茶を嗜(たしな)んでいらっしゃると、エルマーが手紙を持って来ました。

「奥様、ユーフェミア様宛の手紙が届いておりますが、いかが致しましょう」

「なんですって？　相手は誰なの⁉　寄越しなさい！」

エルマーから奪い取るように手紙を受け取られたジュディ様は。手紙の差出人を確認されると、怪訝そうな表情で差出人の名前を呟かれました。

「アーヴァイン・ワイエス……？　聞いた事がない名前ね。誰かしら？」

「お母様！　私にも見せて！」

ジュディ様から手紙を受け取られたグリンダ様は、ユーフェミア様宛の手紙にも拘わらず、ビリビリと勝手に封を破り、中の手紙を読みはじめました。

「まあ！　お茶のお誘いみたいよ！　誤解を解きたいですって！　お義姉様の恋人かしら？」

「ユーフェミアの恋人ですって？　あの娘ったらいつの間に！」

手紙の内容に驚いたグリンダ様でしたが、何かを思いつかれたのか、意地悪そうなお顔をされると、尊大な態度でエルマーに命令されました。

「お義姉様は結婚したのでもう二度と会えないって返事しといて！」

グリンダ様に命令されたエルマーは一瞬ためらったものの、「かしこまりました」と言って手紙を受け取り、退出して行きました。

「全く、お義姉様ったら油断も隙もないんだから！」

「どっちにしろ、もう二度と会えないのだから放っておきなさいな」

「それもそうね！　ふふっ、可哀想なお義姉様！」

そうしてジュディ様達は、ユーフェミア様がすぐ帰ってこられると信じて疑わず、いつも通り過ごされていました。

以前はユーフェミア様に施術させていたマッサージも、マリアンヌを筆頭に優秀な使用人達の手で施術されれば、些細(ささい)な事はお気にならないご様子。

いつもと違うマッサージオイルや化粧水も、使用していた物が無くなったので、これを機会に気分転換も兼ねて商品を変えてみましたと告げるとあっさり納得されました。

そうしてユーフェミア様がいらっしゃらない状態で、今まで通りの暴飲暴食生活を繰り返していたジュディ様とグリンダ様に、少しずつ変化が現れはじめたのです。

ユーフェミア様が屋敷から出奔してから十日が経ちました。

初めの内は、どうせすぐ戻ってくるだろうと高を括っていらしたジュディ様達でしたが、ユーフェミア様が戻られる気配が無い事に、このままではマズイと理解されたようでした。

ユーフェミア様を嫁がせる予定のアードラー伯爵からも、身柄の引き渡しを要求されています。

「ユーフェミアが屋敷を出たせいで何もかも上手くいかなくなったじゃない‼　正直あんな子、いてもいなくても大した事がないと思っていたのに！」

更には、王宮からもユーフェミア様を登城させるように、再三要請されています。

今は体調不良という事で誤魔化されているものの、その言い訳もいつまで持つか分かりません。

しかも以前、王宮が探していた「ミア」という少女の事も、ユーフェミア様の事だと分かっていらっしゃったのに、ジュディ様は「該当者なし」と返答されています。

虚偽申告していらしたのが王宮に知られてしまうと、かなり立場が悪くなるでしょう。

それもあってか、ジュディ様はお茶会から戻られてから、ずっとご機嫌がよろしくありません。

「せっかくグリンダが王太子の婚約者に選ばれて、私の社交界での地位も盤石、人生は順風満帆だと思っていたのに……忌々しい！」

それもそのはず、ジュディ様は公爵家のお茶会で他のご婦人達から酷い侮辱を受けられたのです。

「今まで散々私に媚を売っていたくせに……！　あの女達絶対に許さない‼」

それはランベルト商会が新しく発売する予定の化粧水「クレール・ド・リュヌ」の話題が出た時の事でした。その化粧水は、あらゆる肌のトラブルを解消し、まるで若返ったような瑞々しさを与えると評判らしいのです。……どこかで聞いたような話ですが。

化粧水はかなりの人気で、発売前から既に予約がいっぱいだという話に、ジュディ様はとても驚かれました。ジュディ様はそんな化粧水がある事を全くご存じなかったのです。

社交界で繰り広げられる情報戦はある意味家同士の戦いでもあるのです。

情報に疎い家は蔑まれ、社交界での地位は失墜します。爵位とはまた別次元の話なのです。

ご婦人達がその化粧水の話題で盛り上がる中、反応が悪いジュディ様に、一人の子爵夫人が声を掛けられました。

「あら？　ウォード侯爵夫人は『クレール・ド・リュヌ』をご存知ありませんの？」

その質問に動揺されたジュディ様は、上手く返事を返す事が出来ず、その様子をご覧になられた他の婦人達も、ここぞとばかりに話に乗って来られました。

「まさか、ジュディ様がご存知ないなんて事は……さすがに、ねぇ？」

「ジュディ様はいつも若々しくいらっしゃったから、随分前からこの化粧水をご存知だったのではありません？　私達に教えてくださらないなんて水臭いですわね」

「ランベルト商会の使いの者が来た時は何事かと思いましたけど……勧めて頂けてよかったわ。素晴らしい商品ですものね。すぐ追加で注文しましたわ」

「まあ！　私もよ！　肌のくすみが無くなって化粧ノリもよくなりましたし、もう手放せませんわね！」

「私も吹き出物が無くなりましたの。長年悩んでいたのが嘘みたいですわ」

その化粧水を使っていらっしゃるご婦人達のお肌は若々しくてハリがあり、とても美しくなられておりました。その様子にジュディ様はとても悔しそうな表情をされています。

何故なら、ここ最近のジュディ様の肌は荒れ、頬はたるみ、自慢の髪も艶を無くされており、以前は若々しいと評判だった美貌に陰りが出て来たからです。

しかも以前は問題なくお召しになっていたドレスも、今はかなり苦労して着付けないといけません。今日は何とか体裁を保てているのも、ウォード家使用人達の努力の賜物なのです。

「それにしても……最近のグリンダ様はどうなさったのかしら？」

唐突なグリンダ様の話題に、ジュディ様は一瞬驚かれましたが、何とか平静を装っておられます。

「あら。グリンダがどうかなさって？」

将来の王妃に選ばれたグリンダ様はジュディ様ご自慢のご息女でいらっしゃいます。今までも散々お茶会や舞踏会で自慢してこられています。グリンダ様ご自身の評判も上々で、誰もがグリンダ様やジュディ様を褒め称えておりました——そう、以前までは。

ジュディ様はグリンダ様の話題を出された伯爵夫人に強い眼差しを向けられました。しかし、その伯爵夫人はそんなジュディ様の視線を受けられても全く動じられません。

むしろ、ジュディ様を蔑みの目で見られた後、鼻で笑い飛ばされました。

「あら、ご自分の娘さんがどのように噂されているかご存知ありませんの？　このままでは婚約継続も危ぶまれておりますのよ？」

「……な！　なんですって……!!」

婚約の危機だとお聞きして、さすがのジュディ様も驚かれたご様子。寝耳に水なのでしょう。

「王妃になる為の教育もまともに受けず、教育係を困らせているとお聞きしましたわ」

「そうそう、王妃教育から逃げ出してすぐマティアス殿下の執務室へ逃げ込んでしまうとか」

「そう言えば、以前から宮殿の侍女達が噂しておりましたわね。グリンダ様は殿下という方がありながら、殿下の側近や近衛に色目を使っているだとか……」

ジュディ様がご婦人方から聞かされたお話は、それは酷いものでした。

「しかも見目がいい者達ばかりですって……浅ましい事ですわね」

「私は帝国からいらしていた使者のマリウス様に随分熱をあげられて、常に付き纏っていらっしゃったとお聞きしましたわ」

噂の主の母親がその場にいらっしゃるというのに、ご婦人方の噂話は止まりません。

「それに、以前に比べて最近のグリンダ様は……ねぇ」

「私、昨日お見かけしましたけれど、少し……膨よかになられたような？」

「幸せ太りかしら？　フフフ」

少し前まではジュディ様に世辞を言い、媚を売って取り入ろうとされていたのが嘘のようでした。

――そしてお茶会の後、ジュディ様は侯爵家に戻ってこられましたが、ずっと放心状態でいらっしゃいます。それぐらいお茶会で聞かされた噂にショックを受けられたのでしょう。

ジュディ様は早速、噂の化粧水を手に入れるべくランベルト商会へ使いを出されましたが、門前払いされた上に予約すら出来なかったそうです。

その後、ランベルト商会から書簡が送られて来たのですが、内容が「我が商会は今後、ウォード家と一切の取引を停止する」という通達でしたので、ジュディ様は更に驚愕しておられました。

「一体どういう事なの……!?」

逆であればまだしも、通常であれば貴族に対して商会が取引停止を通達するなんてありえません。普通の商会であれば、すぐ取り潰すように手を回されるでしょう。

しかし今回は相手が悪すぎます。ランベルト商会は帝国が本店の商会ではありますが、今や王国のみならず各国に支店を置き、そのどれもが成功している大店中の大店です。

王国の一貴族が敵わない程影響力がある、そんな商会から取引を停止されてしまったら――。

ジュディ様が考え込まれていると、グリンダ様が帰宅されたと連絡がありました。ジュディ様はお茶会の噂を確認される為、グリンダ様を部屋に呼びつけられました。

「グリンダ！　あなた殿下とどうなっているの⁉　上手くいっているって言っていたじゃない‼

王妃教育も逃げ出してるって聞いたわよ！」

「やだ、お母様急にどうしたの？　殿下は相変わらず私に夢中よ？　それに王妃教育は私なりに頑張っているのよ？　でも教育係が厳しすぎるの」

　ジュディ様は、お茶会での鬱憤を晴らすかの如く、グリンダ様に詰め寄ります。

「今日のお茶会であなたの噂を散々聞かされたわ！　あなたが殿下以外の男性に色目を使っていると言われたのよ！」

「ええ？　私は色目なんて使っていないわよ？　私の美貌に向こうから寄ってくるだけなのに。その噂を流した人間は私に嫉妬しているのよ」

　ジュディ様の剣幕にもグリンダ様は平然とされているので、ジュディ様は拍子抜けされています。

「じゃあ、帝国のマリウス様との噂は？　随分親密だったそうじゃない？」

　本来の噂はグリンダ様がマリウス様に纏わり付いているというものでしたが、ジュディ様の頭の中で、都合のいいように改竄されてしまったようです。

「そうなの！　マリウス様はもう帝国に戻られるけれど、また必ず会いに来て下さるって……！　それに何か欲しいものがないかと聞かれたわ。マリウス様はマティアス様には無いミステリアスな魅力があって、とても素敵なの！」

　グリンダ様の話を聞いてジュディ様は、ほくそ笑んでいらっしゃいます。

　帝国の使者という事は、かなりの高位貴族に違いない、もしかすると王国の王妃よりも厚遇されるかもしれない――なんてお考えなのかもしれません。

　今回の出来事をいい機会として、ご自身の行いを振り返り、改められていたら、また違った結果になったのかもしれません。けれど、ジュディ様は己を省（かえり）みず、欲望を満たす事をお選びになったのです。

――その選択が、これからの人生を壮絶なものにしてしまうとは気付きもせずに――……。

エピローグ

——大量に化粧水を作ってしまった数日後、私の作った化粧水が「クレール・ド・リュヌ」という名前で発売される事になった。意味は「月の光」だ。

ディルクさんが根回ししたのか、貴族のご婦人達から噂が広まり、あっという間に超人気商品に。

あれだけ大量に作ったのに、既に売り切れ状態だとか。

しかも買い求める人がお店に殺到して大変だったので、今は予約販売で対応しているとの事。

化粧水を使ったアメリアさんも、長年の悩みが解消したと大絶賛してくれて、すごく感謝された。

そして今度はマッサージオイルやボディローション、髪用のトリートメントなどの新商品を作ろうと企画している。


皆んなの喜ぶ笑顔が嬉しくて、つい暴走してしまうけれど、毎日を楽しく過ごしている私はとても幸せ者だと思う。

なのに……ふと、何かが物足りなく感じる時がある。

そんな時、いつも思い出すのは大好きなハルの笑顔——。

眩しいあの笑顔をもう一度見る為に、これからも私は生きていく。
きっとハルと繋がっているだろう、この青い空の下で。

閑話③　初めての休日

ランベルト商会で働く事になった私にとって、今日は初めての休日だ。

お屋敷では休日関係なく働かされていたので、正直休みを貰っても過ごし方が分からない。

部屋でぼーっと過ごすのは勿体なかったので、とりあえず外に出てみようと思い立つ。

アメリアさんから教わったメイクを施し、研究棟の皆んなが作ってくれた髪飾りをつけてみる。

（うーん、髪の色と目の印象が違うだけでこんなに変わるなんて……）

鏡に映った自分の姿を見てしみじみと思う。


それから服を着替えて部屋を出ると、廊下を歩いていたマリカさんとバッタリ出会った。

「あ、マリカさんおはようございます！」

私が挨拶すると、マリカさんは「おはよう」と言ってペコリと頭を下げてくれた。

（うぅ……！　可愛いなぁもう！）

何とも言えない愛らしさにほっこりしていると、マリカさんに「お出かけ?」と質問される。

「あ、はい！　そうです！　折角のお休みなので、外に出てみようかと思って」

私の答えに、マリカさんは綺麗な紅玉の瞳で私を見ると、「来て」と言って廊下を歩いて行く。

どうしたんだろうと思いながらマリカさんに付いて行くと、いつもの研究棟へ連れて来られた。

研究棟の中に入ると、マリカさんは私に「待ってて」と言って奥の方へ行ってしまう。説明も何も無いけれど、きっとマリカさんの事だから何か意味があるのだろう、と思い大人しく待つ事に。

しばらくするとマリカさんが手に箱を持って戻って来た。

マリカさんは私に「これ」と言って箱の中を見せると、入っていた布を出して広げてくれた。

「えっと、これはストールですか？」

マリカさんが見せてくれたのは、無地のシンプルなフリンジストールだった。

「そう。魔力を隠す」

「えっ⁉　魔力を隠せるストールなんですか⁉」

私はマリカさんの言葉にびっくりする。魔力って隠す事が出来るものなの……？

でも私の髪の色も変える事が出来るんだし、魔力だってきっと隠せるのだろう。

（あ、そう言えば以前会ったアーヴァインさんって人も同じような魔道具を作っていたっけ。アーヴァインさんが作ったのはブレスレットだったけれど……）

ストールを眺めていた私に、マリカさんがぽつりぽつりと教えてくれた事によると、このストールの内側に魔力隠蔽(いんぺい)の術式が書いてあるそうだ。生地と同じ色で書かれているようで、よく見ないと気付かない。ストールを羽織(はお)ると、その人の魔力を包み込むように隠してくれるらしい。

どうやら私が持つ聖属性を法国の関係者から隠す為に貸してくれるとの事だった。

「でもこれは試作。長時間は持たない」

隠蔽関係の術式は複雑なのでまだまだ調整が必要らしく、半日ぐらいしか効果が無いそうだ。

「ありがとうございます！　それだけ効果が持てば十分ですよ。では遠慮なくお借りしますね」

マリカさんにお礼を言って、ストールを羽織ってみる。チェックのワンピースに無地のストールなので、組み合わせに違和感が無いし、何だかおしゃれに見える気がする。

それに今日はちょっと肌寒いから丁度よかったかも。

マリカさんは研究棟でやりたい事があるらしく、今日はお出かけしないそうだ。ストールのお礼に何か甘いものでも買って帰ろうと思い、マリカさんに挨拶をしてから研究棟を出た。


ランベルト商会の建物から外に出たものの、何処へ行こうか全く考えていなかった私は、お散歩をしながら街を見て回る事にした。何処にどんなお店があるか知っておこうと思ったのだ。

（何か素敵な出会いとか発見があるかもしれないしね！）

人が賑わう通りを歩いていると、以前パンを買ったお店が目に入る。その時のパンがとても美味しかったのを思い出すと、もう一度食べたくなってしまう。

（あの時の白パン、柔らかくて美味しかったな……）

そう思うともう食べたくて仕方がない。私はパンを買う事に決めてお店に入る事にした。

お店の前まで来ると、パンが焼けるいい匂いが漂ってきて、私の期待はさらに高まる。

扉を開けて中に入ると、トレーとトングを持ち、目的のパンを探す。七年前より大きくなった店内には沢山の種類のパンが綺麗に陳列されていて、どれもとても美味しそう！

店内を見て回っていると、棚に置いてある籠の中に最後の一個となった白パンの姿があった。

（あ、あった！　一個だけでも残っていてよかった！）

私がパンを取ろうとトングを伸ばすと、反対方向から同じように伸びてきたトングと同時にパンを掴んでしまう。

「えっ⁉」

「あれ⁉」

驚いて声を出してしまった私と同じように、声がした方向を見ると、もっさりとした頭をした男の人の姿があった。

その男の人も驚いた様子で私を見ている。目が見えないからあくまでも想像だけれど。

「…………」

「…………」

お互い何とも言えない雰囲気の中、またもや同時にパンからトングを離す。

（何だかさっきからこの人と行動がかぶっちゃってるな……）

このまま黙っているのも変だし、何か声を掛けた方がいいのかな、と思っていると、男の人から声を掛けて来た。

「えっと、何かごめん。パンばっかり見てて周りが見えていなかったみたいだ」

失礼ながらもぼやっとしているな、という第一印象とは裏腹に、その男の人の声はとても心地よく、聞く人を魅了するような声だった。

（この声、何処かで聞いた事があるような……でも、こんな人と会った記憶なんて無いしなぁ）

その男の人をよく見ると、地味な色でありふれたデザインだけれど、とても仕立てのいい服を着ている事に気付く。もしかすると結構身分が高い人なのかもしれない。

（まさか貴族じゃないよね……？　私じゃあるまいし、貴族本人がパンを買いに来るはずないし）

やはり会った事があると思ったのは私の勘違いだろう。

「いえ、こちらこそすみません！　ついぼうっとしちゃって……！」

何も悪くない人に謝らせてしまい、私も慌てて謝罪する。

「このパンは貴女が購入して下さい。俺は別のパンにするので」

男の人はそう言うと、別の棚へ移動しようとするので慌てて引き止める。

「あの！　お気持ちは嬉しいのですが、私は近くに住んでいて何時でも買いに来れますから。どうぞ貴方が購入して下さい」

もし貴族の下で働いている人なら、忙しくていつ買いに来れるか分からないだろうし、もしおつかいで買いに来ていたのなら申し訳ないし。

「え、でも……」

私の申し出に男の人は少したじろいだみたい。譲り返されるとは思わなかったのだろう。

「私は前回そのパンを食べたばかりですし。今日は気分を変えて違う味を試そうかなって」

男の人が気にしないように、にっこりと笑って言うと、男の人も肩の力を抜いたように、ふっと柔らかい雰囲気になる。

「気を使わせてすまない。俺は中々ここに来る事が出来ないから、正直助かる」

やっぱり貴族に仕えている人みたい……って、裕福な商家の人なのかもしれないけれど。

「そうなのですね。ならよかったです」

それから私達はそれぞれが欲しいパンを見繕い、大量に購入して店を出る。

……お店を出たタイミングまで一緒だったのには驚いた。

お店を出たところで、男の人の様子をちらっと窺うと、向こうも私の方を見ていたらしく、お互いの目がバチッと合った。……相変わらず目が見えないから、やっぱり想像でしかないけれど。

何か一言言った方がいいのかな？　と思っていたら、再び男の人が声を掛けて来た。

「さっきはパンを譲ってくれてありがとう。あのパンは俺の大切な、思い出のパンなんだ」

「えっ……」

男の人の言葉に、私の心臓がドキッと跳ねた。

「じゃあ、俺はこれで」

手を上げて挨拶してくれた男の人は、くるりと背を向けて王宮がある方向へと歩き出す。

その姿をぼんやりと眺めながら、私は何故かハルを思い出した。

（どうしてあの人を見てハルを思い出したのだろう……？）

髪の色が違うし、今のハルを私は知らないし……それにハルは帝国にいるのだから、こんなところでパンを買っている訳ないのに。

――けれど、彼とは初対面なはずなのに、不思議と懐かしい感じがしたのも確かだった。

（……あれ？　私、挨拶するのを忘れてる！）

あのパンを「思い出のパン」と言ったその言葉に気をとられ、挨拶出来ず仕舞いだった事に気付く。非礼を詫びたいけれど、あのお店には中々来れないって言っていたし、もう彼と会う事はないのだろう……そう思うと、ちょっとだけ寂しい気持ちになった。

本当はこの後に近くの公園でパンを食べようと思っていたけれど、何だかそんな気分じゃなくなってしまった私は、買ったばかりのパンを持って寮に戻る事にする。

ストールのお礼に、マリカさんが好きそうなパンを幾つか買ったから、研究棟で一緒にお茶をしながら食べるのもいいかもしれない。ちょっと買い過ぎてしまったし、ディルクさんやニコお爺ちゃん、リクさんも誘っちゃおう——そんな事を考えると、いつの間にか足取りが軽くなっていた。

研究棟へ戻ると、いつものメンバーの他にアメリアさんやジュリアンさんもいた。どうやらここは皆んなの憩いの場みたい。

「あ！　ミアちゃんや！　ちゃんと変身してるやん！　可愛いやん！」

「メイクも上手に出来ているわね。偉い偉い！」

二人に褒められて私の気分が浮上する。元気も一緒に分けて貰ったみたい……なんて。

それから、ランベルト商会の皆んなで楽しくお喋りしながらパンを食べた。

みんなと一緒に食べるパンはとても美味しくて、一人公園で食べなくて本当によかったと思う。

「このお店のパンは評判がよくてね。人気商品はすぐ売り切れるんだよ」

「フーゴが焼くパンも美味いんじゃが、時々ここのパンが食べたくなるんじゃよ」

「専門店と寮の食堂とは違うからね～」

「美味しい」

皆んな喜んで食べてくれて、パンはあっという間に無くなった。

マリカさんはこのお店に行った事がないらしく、お店にはもっと沢山の種類のパンが売られていますよ、と言うと、すごく興味を持ったみたいで、今度買いに行く時は一緒に行く約束をした。次の休日が楽しみだ。


それからしばらく皆んなと研究棟で過ごした。

すっかり日も暮れて一日が終わる頃には、ちょっとだけ感じた寂しさはいつの間にか無くなり、胸の中が温かい気持ちで満たされていた。


よーし！　また明日から頑張るぞー！

――そうして、ちょっとした出会いと別れを経験して、私の初めての休日は終わったのだった。

縮む距離（ハル視点）

七年前、瀕死だった俺にミアが食べさせてくれたパンがもう一度食べたくて、俺は朧気な記憶を頼りに王都にあるパン屋を訪れた。ミアと出会った場所からそう遠くないパン屋は一軒だけだったので、このパン屋で間違いないだろう。

店内に入りパンを見ていると、記憶に近いパンが残り一個なのを見付けてトングを伸ばす。すると、反対方向から伸びて来たトングが俺と同時にそのパンを掴んだので驚いた。

相手を窺うと、茶色の髪に紫の瞳をした可愛い少女が驚いた様子で俺を見ていた。

――結局、その少女がパンを譲ってくれたので俺は無事、ミアとの思い出のパンを手に入れる事が出来た。何度もここへ来る事が出来ない俺は譲ってくれた少女に感謝する。

髪の色が違うし、魔力を全く感じないのに、何故かその少女がミアと重なったけれど――きっとミアと同じ紫の瞳が、俺にミアを思い出させたのだろう、と思う事にした。

俺はミアと別れてからずっと彼女を探し求めていたのだが、帝国の優秀な諜報員（ちょうほういん）に探らせてみ

ても、彼女の影すら捉(とら)える事が出来なかった。

　だから俺達は仕方なく最終手段——王国にミアの捜索を依頼する事にした。また別のアプローチから攻めれば成果が期待出来るのではないかと思っていたのだが……。

　帝国の諜報員でも分からない事を、王国の緩慢(かんまん)な人間が分かる訳がないと早々に気付くべきだった。時間を無駄にしてしまったと後悔するも時すでに遅し。

「このまんまじゃ埒が明かねーし。ちょっくら俺が王国に行ってミアを見つけてくるわ」

　王国から中々返事が来ない事に焦れた俺がそう言うと、マリウス達側近が慌てて止めに入る。しかし、もうこれ以上帝国でじっと待つのが嫌だった俺は、側近達を黙らせて（物理的に）強行突破しようとしたのだが……そんな俺にマリウスが妥協案を提示して来たので、取り敢えず話を聞く事にした。その内容とは——。

　近日、ナゼール王国で王太子の任命式と婚約発表の場が設けられる事になっており、マリウスが帝国の使者として王国へ赴(おもむ)くので、俺をマリウスの側近として連れて行く、という事だった。

　俺の黒髪は目立つから変装はさせると言われたけれど、そんなの願ったり叶ったりだ。俺は二つ返事でマリウスの案を呑んだ。

　俺は髪の色を変え、顔が半分隠れているもっさりとした姿の「ハル」という側近に変身する。


——そうして俺はミアとの約束を果たすべく、実に七年振りに王国にやって来ていた。

約束から結構経ってしまったが、ミアは元気だろうか。彼女と会うのにこんなに時間がかかるなんて思わなかった。分かっていればあの時無理矢理でもなんでもいいから帝国に連れて帰ったのに。

正直「皇環」なんてどうでもよかった。あんなもん欲しい人間にくれてやる。

だけどミアに会う為の口実には丁度よかったから、如何にも「皇環を探しているんですよー」というスタンスを装ってやった。……親父にはバレてるだろうが。

ちなみに俺が「皇環」を持っていない事を知っているのは上層部の数人だけだ。

もしミアが見つかった時に「皇環」を持っていなくても構わない。たとえ「皇環」が無くてもミアと一緒になる事に変更は無いからだ。……いや、むしろ失くして貰った方がいいかもしれない。

そうすれば大手を振って帝国から出奔出来る。そうなったら二人で世界中を旅するのもいいな。

美味しいものを食べてのんびり二人で過ごすのはどうだろう。そしていい場所があればそこに家を建てて暮らすのだ……イイ！　それすっごくイイかも‼　ああ、夢が無限大に広がるなぁ。

ミアは何人子供が欲しいかな？　俺としては産める限界まで欲しいけど、産後にミアが弱ってしまうのは困る。本末転倒だ。

だったらミアと二人だけで構わない。たとえお爺ちゃんお婆ちゃんになったとしても、ずっと二人で死ぬまでイチャつくのだ。

……そんな妄想をしている俺に、マリウスは決まっていちゃもんを付けてくる。

「そんな夢ばっかり見てないで現実を見て下さいよ……全く。もしミアさんがハルを忘れていた場合はどうするんです？」

「ははは。愚問だな。ミアが俺を忘れるわけねーだろうが。万が一、忘れていたとしても何千回何万回でも口説けばいいだけだ」

「……うわぁ。引くわー」

「うるせぇ！　俺はミアが手に入るのならどんな努力だってする覚悟があるんだよ！」

「それ程手に入れたいミアさんが、お世辞にも美しくなく成長していたら？」

「俺はミアがオーククイーンでもゴブリンプリンセスでも愛する自信あるぞ！　って、そもそもミアが美しくない訳ねーだろ！　ミアはミアってだけで可愛いんだよ！」

「アーハイハイソウデスネー」

……全くマリウスにも困ったもんだ。この七年間こんな会話を何回繰り返して来た事か……飽きないのかねぇ。でもこれらの会話はマリウスなりの気遣いだという事を俺は知っている。俺のミアへの想いが色褪せないように……とでも思っているのだろう。そんな気持ちが有り難いな、と思う。


前回と違い、暗殺の危険がない旅は結構楽しかった。

辿り着いた王国の迎賓館の一室で、王国のマティアス王子や宰相、側近達と会談する。

俺はマリウスの背後に控え、王国からの報告を聞いていたのだが……。

一向に進まない捜索に俺がイライラしていると、王子がミアについて探りを入れようとしたので、つい威圧を放ちかけてしまったが、マリウスの機転で何とか難を逃れる事が出来た。

あーやべ。もうちょっとで王子気絶させるところだったわー。

そんな予想外な出来事もあったけど、結局マリウス指示の元、再々捜査が行われる事になった。

……それにしても、こう話が進まないのならやっぱり自分で探すしかねーか、と思っていると、マティアス王子が婚約者を紹介したいと申し出た。

正直興味は無かったし、面倒くさいから連れて来んなって思ったけど、婚約祝いも兼ねてここへ来ているという手前、断る訳にもいかず。

そして仕方なく王子の婚約者と対面したのだが……。

——俺は王子の婚約者を見て絶句してしまった。

風で揺れる度に光り輝く豊かな蜂蜜色の髪と、澄み切った泉の如き青い瞳。微笑むと少し幼い印象の彼女は、仕草一つで人々の視線を集めて魅了する、光を纏った女神のような美しさ——……

・　・　・

……って、騙されるかボケーーーーーーーーーーーー!!

何だこの女！　めっちゃ魅了使いまくってんじゃねーか‼　しかも王子の側近達は一人を除いてすっかり魅了にやられていて、女がベタベタしてても反抗しねーし。

王子はそれで平気なの？　コイツ絶対頭おかしい！

初対面なのに最初っから妙に俺達に馴れ馴れしいし……って、マリウスにまで色目使ってんじゃねーよ！　このクソビッチが‼

コイツがマジで王子の婚約者？　将来の王妃？　やっぱー。この国やばくね？　いくら日和ってるからってこの王子達人を見る目無くね？

魅了されてなさげな眼鏡の側近に思わず「正気か？」という目線を送ってしまった俺は悪くない。

案の定その側近は諦めモードですごく遠い目をしていた。

……うん。ごめん。お前も苦労しているんだな。

そんな中、マリウスは魅了に掛からなかったようでビッチからの誘いを華麗にスルーしていた。

ビッチは不満気ながらも結構しつこく誘惑している。

こういう女って自分に惚れないなんて許せなーいとか何とか思ってんだろうな。

しかしこう見ていると何か魅了に条件があるような……もしかして眼鏡か？

何となく気になった俺は、魔眼を発動させビッチの魔力を視ようとして——驚愕した。

——何故ならこの女の魔力に混ざって、ミアの魔力を僅かに感じたからだ——。

ミアの魔力を感じたと言ってもハッキリしたものではなく、残り香に近いものではあったが、この俺がミアの魔力を間違える訳がない。あの女がミアと何か関係があるのは間違いないのだ。

もしかしてあの女の屋敷で働いているのか……と当たりをつけたものの、王国が把握していない訳もなく、確認してみると既に調査済みで、該当の人物はいなかったと報告されていた。

しかしこっそり調べてみると、あの女にはユーフェミア・ウォード・アールグレーンという名の義姉がいるらしく……。

何と、ユーフェミア嬢は四属性の魔力持ちで銀髪紫眼だというではないか‼

——もうこれミアじゃね？　確定っしょ！　ビンゴでしょ！

むしろミアじゃなかったら別の意味で驚くわ‼

いやいや待て待て落ち着け焦りは禁物クールダウンクールダウンすーはーすーはー………

…………はあ。

落ち着いたところで報告書を読み進めると、ユーフェミア嬢はマティアス王子の元筆頭婚約者候補と来た。大方あの女が魅了を使って婚約者の座を奪ったのだろうと予想がつく。

その義姉——ユーフェミア嬢について調査し、上がって来た報告書を確認したのだが……。

「ぬりかべ」って何ぞ？　報告書には「何かの魔物」と注釈が付いているが……はて？

もしミアの事なら「ぬりかべ」はきっと、魔物というより妖精の類なのだろう。

……早くユーフェミアという少女に会ってみたい——そうは思っても今の俺は帝国の使者側近だ。

マリウスから離れる訳にもいかず、特定の貴族と面会する事も出来ない現実にイライラさせられる。ただのハルとして会いに行ったとしても、そう簡単に侯爵令嬢に会えるはずがない。

どうしたものかと思っていたら、ユーフェミア嬢が明日の任命式を兼ねた舞踏会に出席するという情報を手に入れた。よく考えたらそうだよな。貴族は全員出席だよな。

上手くいけば明日にはミアと再会出来るかもしれない‼　やったね‼


そして迎えた舞踏会当日、マリウスに嫌という程目立って貰い、その隙にユーフェミア嬢を見つけ出す、という手はずだった。それなのに……。

会場中探し回ってもそれらしき令嬢は見つからない。確かに出席しているはずなのに！

会場どころか王宮中を探したにも拘わらず、結局ユーフェミア嬢に会う事は叶わなかったのだ。

ちなみにその後知った「ぬりかべ」の正体には驚いた。

壁のような魔物って……。さすがに壁は気付かなかった。不覚！


次に可能性があるとすれば、王国から該当する貴族令嬢へ宛てた招集令状だ。

貴族の血族まで範囲を広げれば間違いなくミアは現れるだろう。

……そう思っていた時期が俺にもありました。

招集に応じた令嬢達にお茶を楽しんで貰っている間にミアを探す……が、やはり見当たらない。

どゆこと⁉

うら若き令嬢達が優雅にお茶を嗜む姿は素晴らしい光景なのだろう……。

だがしかし！　だがしかしだ！

ミアの成長した姿を何万回とシミュレーションした俺の目は誤魔化せない。

再現率１００％を自負している俺の目に、令嬢達はただのパチもんにしか映らない。しかも銀髪紫眼って指定してるのに明らかに違う人種も混じってるじゃねーか。さすがに無理があんだろ。

今回の大本命ユーフェミア嬢はどれだと思ったら、体調不良を理由に欠席との連絡が。

……マジで⁉

体調が戻れば会えるのかと期待したものの、王宮からの再三の招集にも何故か応じない。

この国の王族ってあんまり権力無いの……？　ホントにこの国大丈夫？

王子……もう王太子だっけ。まあその婚約者は相変わらず登城してるのになー。

コイツから何か聞き出せないかと思ったけど近づくだけでダメだわ。拒否反応出る。

それにコイツ、マリウスには色目使うくせに、今の俺みたいなもっさりとした男には視線すら合わせない。ホント分かりやすいビッチだな。

しかしそこで諦める俺ではない――そう、俺には困った時のマリえもん頼みという必殺技がある。

俺は嫌がるマリウスに、あのビッチを口説くよう無理矢理命令した。きっと後で滅茶苦茶マリウスに怒られるだろうけど、俺はミアと再会する為ならどんな手段も厭わない。

そうして俺はこの青い空の下、今日も手掛かりを探し続ける――ミアとの距離を縮める為に。

ぬりかべ令嬢、
嫁いだ先で
幸せになる
Lady Called "Plastered Wall"
Got Married and Be Happy.

ぬりかべ令嬢、嫁いだ先で幸せになる1

*本作は「小説家になろう」（https://syosetu.com/）に掲載されていた作品を、大幅に加筆修正したものとなります。
*この作品はフィクションです。実在の人物・団体・事件・地名・名称等とは一切関係ありません。

2021年6月20日　第一刷発行

著者 …… デコスケ
©DEKOSUKE/Frontier Works Inc.
イラスト …… 封宝
発行者 …… 辻 政英
発行所 …… 株式会社フロンティアワークス
〒170-0013　東京都豊島区東池袋3-22-17
東池袋セントラルプレイス5F
営業　TEL 03-5957-1030　FAX 03-5957-1533
アリアンローズ公式サイト　https://arianrose.jp/
フォーマットデザイン …… ウエダデザイン室
装丁デザイン …… 鈴木 勉（BELL'S GRAPHICS）
印刷所 …… シナノ書籍印刷株式会社